新潮文庫

イヤシノウタ

吉本ばなな 著

新潮社版

11012

イヤシノウタ

R.I.P. あっこおばちゃんに捧(ささ)ぐ
そしてずっとそばにいてくれた加藤木礼さんにも
なにがあろうと導いてくれた桜井章一さんにも

目次

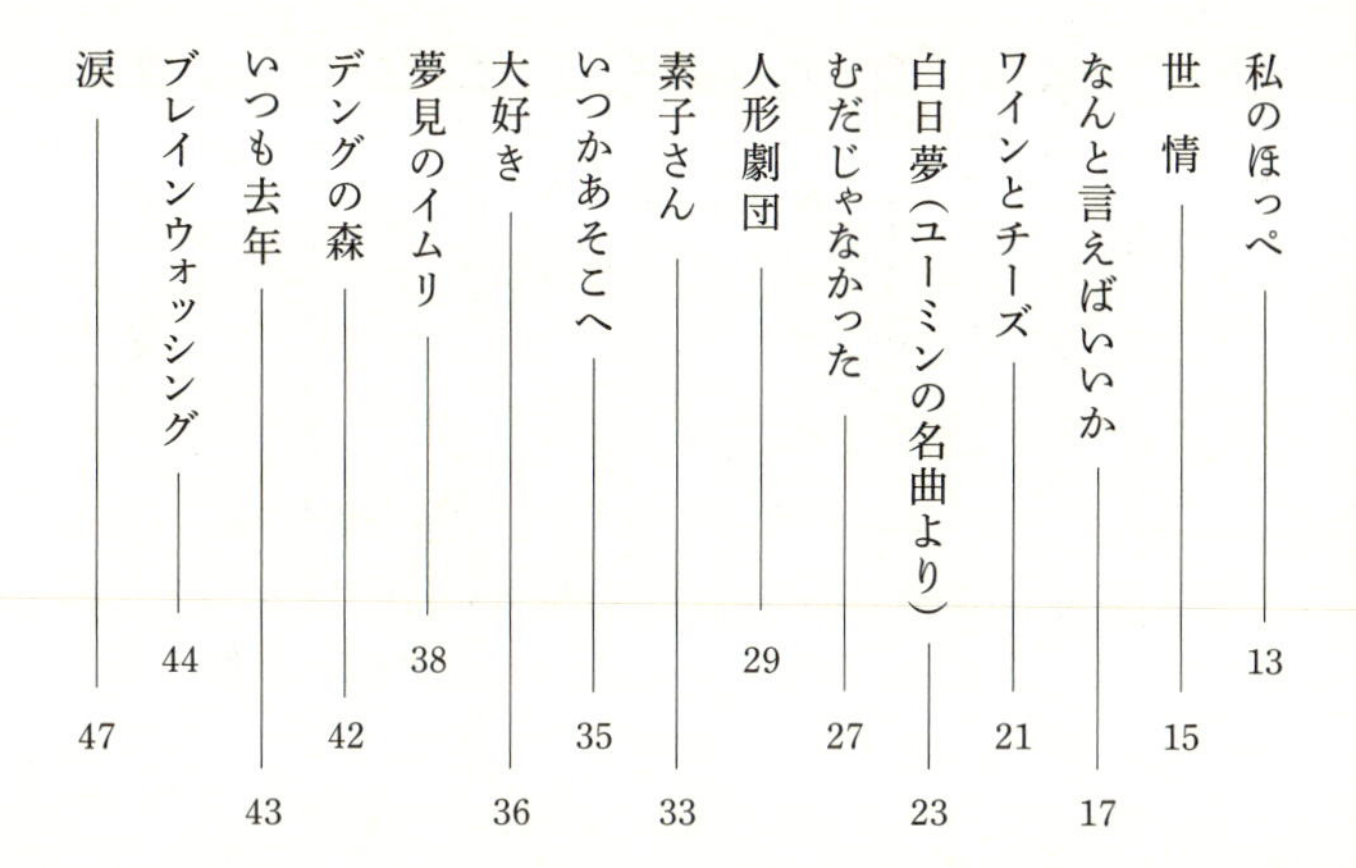

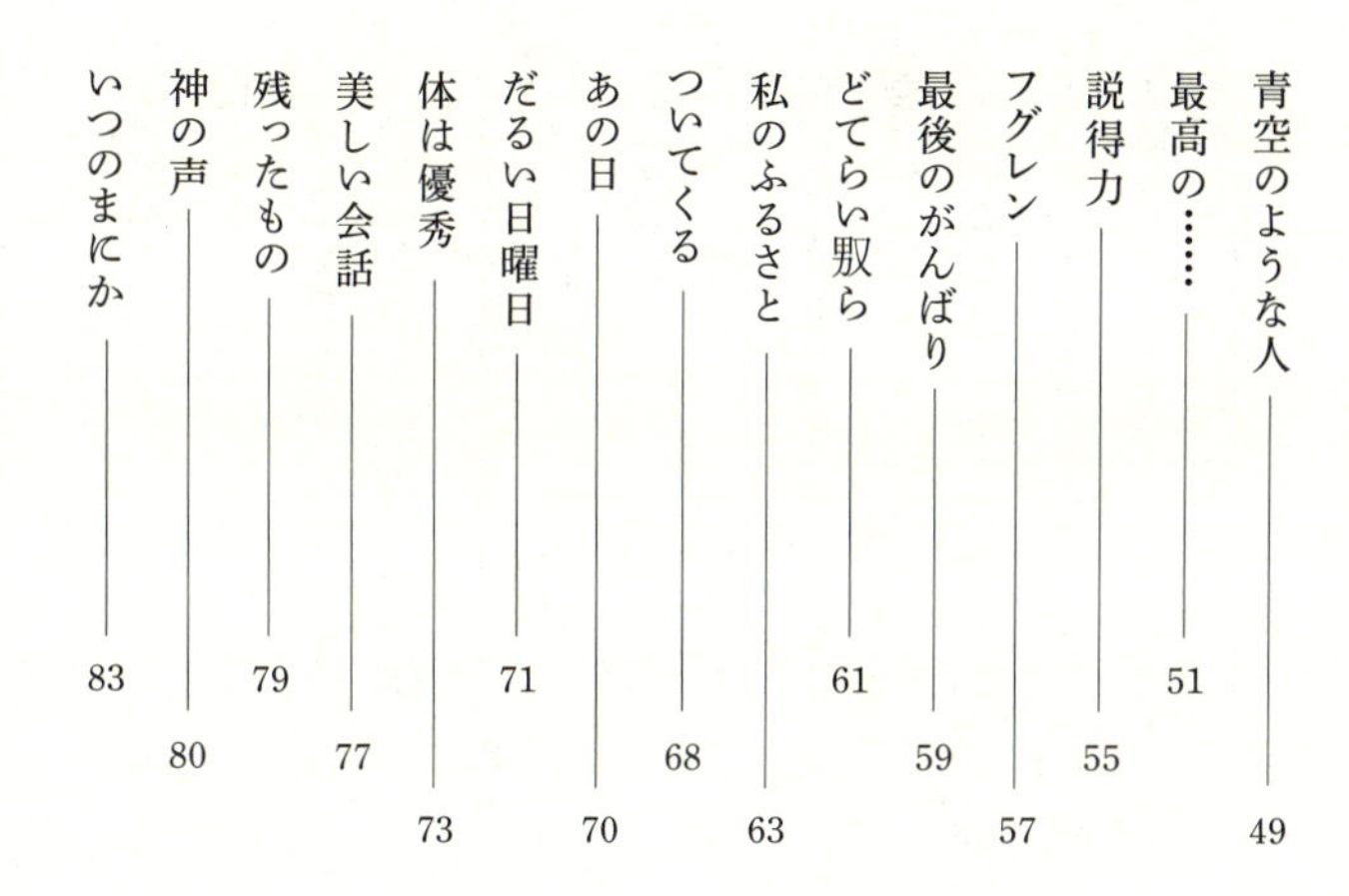

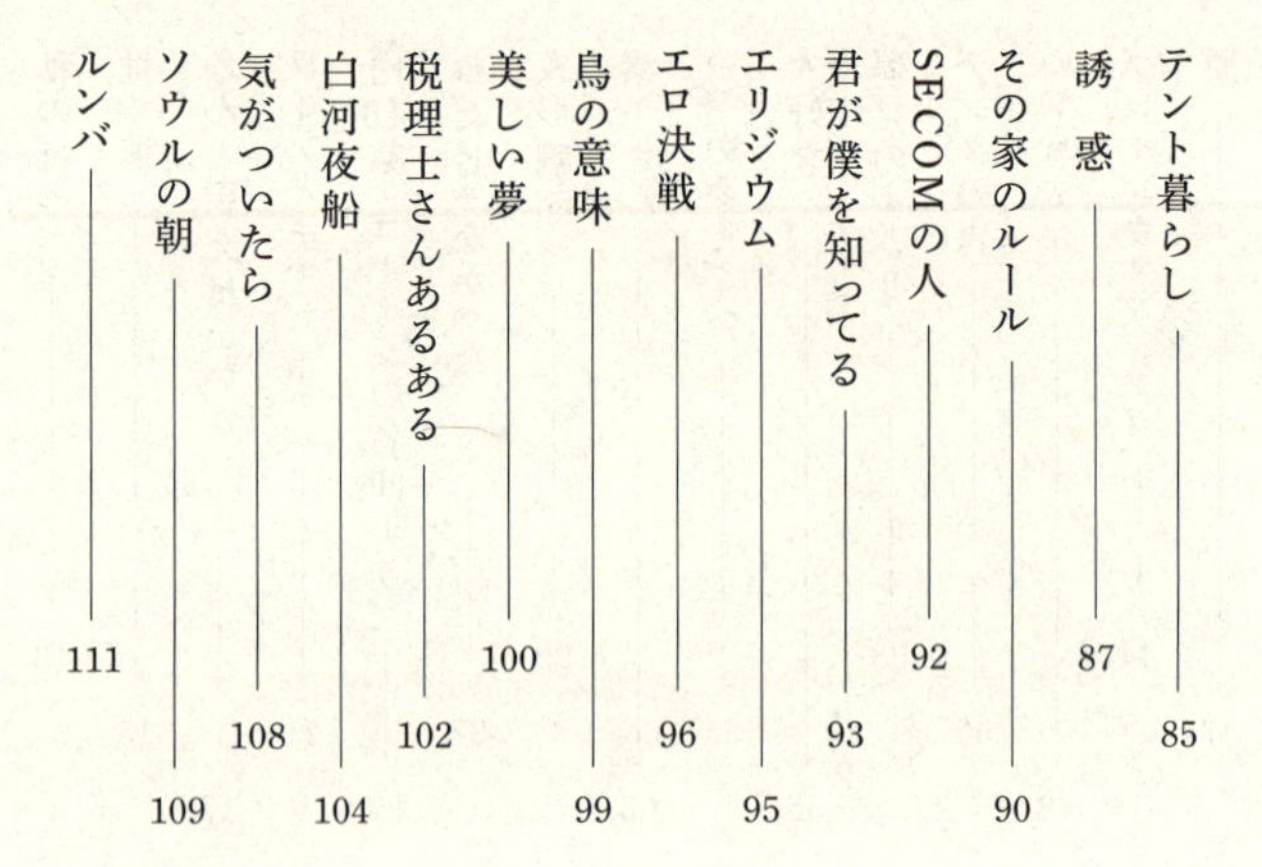

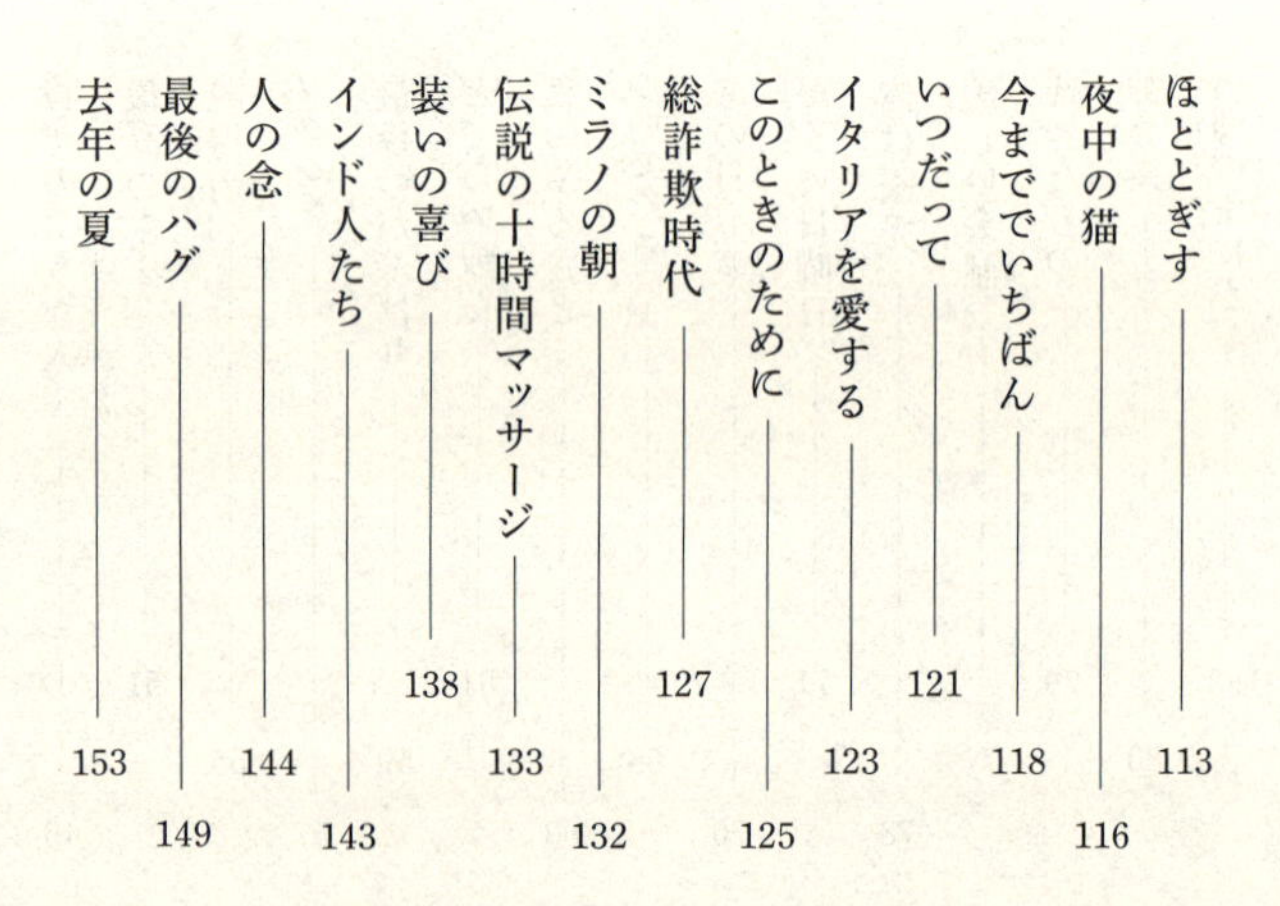

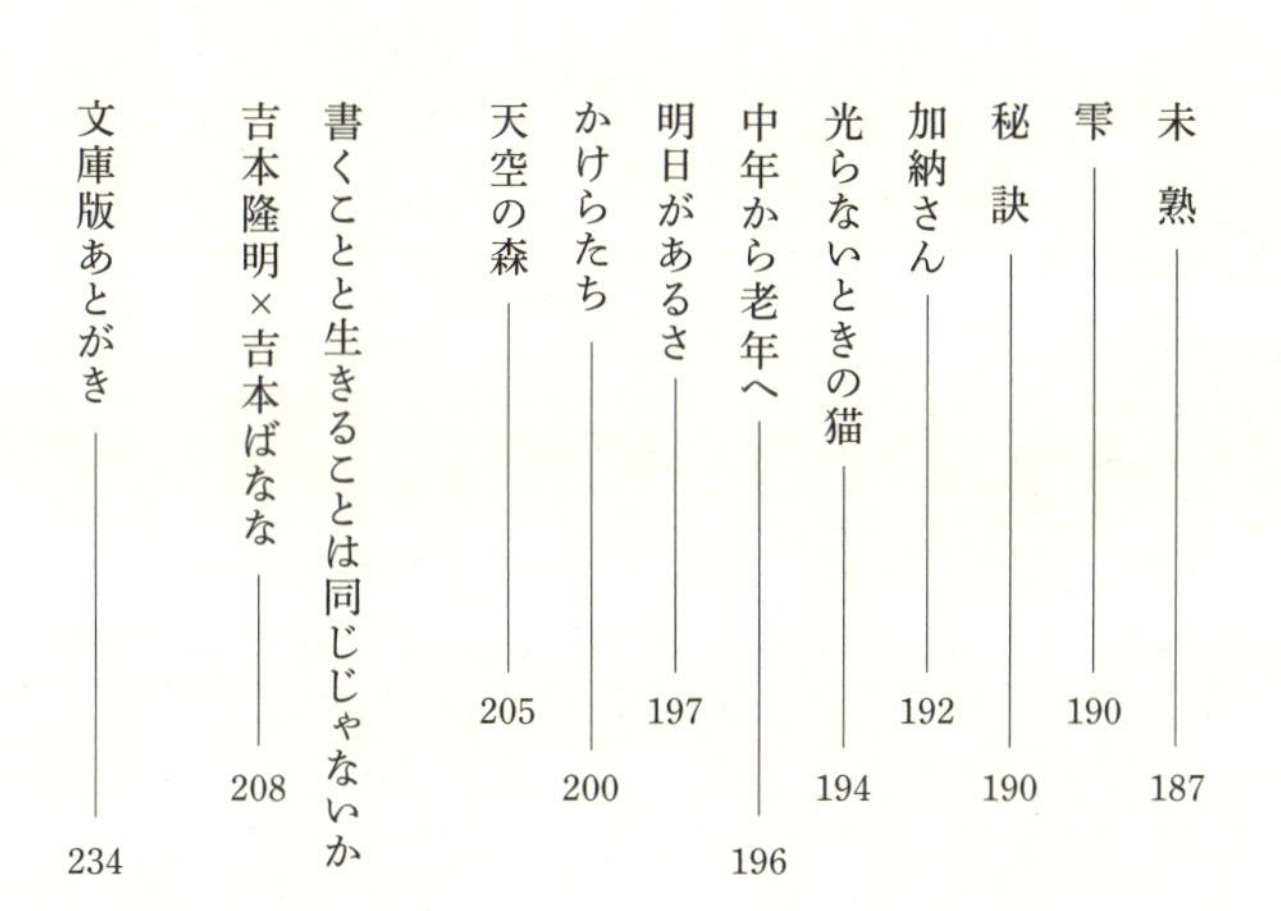

癒(いや)してあげたいな　君の体と心
だけど　そいつはないぜ　海が笑ってら

思い上がった奴(やつ)ら　自信なくした女
だけど　かなりキテルぜ　カモメも笑ってら

ブルーズを知らない人々に　今夜もブルーズが忍び寄る
足音もたてず踊りながら　まとわりついている

癒してもらいたいぜ　俺の背中や頭
だけど知ったことかよ　海鳴りがしてる

ブルーズを知らない人々に　今夜もブルーズが忍び寄る
足音もたてず踊りながら　まとわりついている

癒してあげたいな　君の体と心
だけど　そいつはないぜ　海が笑ってら
カモメも笑ってら

イヤシノウタ　忌野清志郎

私のほっぺ

「ほっぺにさわらせて」

八十五歳になったあっこおばちゃんはそう言った。

そして私のほほを、まるで小さい赤ちゃんのほっぺたを触るように触った。

過去のどんな優しかった恋人よりも優しく。

もう五十歳になって、だんだんたるみはじめた自分のほほが宝物のように思えた。

あの幼い日、寒さで真っ赤に染まっていた頃みたいに、なにもこわいものを知らないであっこおばちゃんの家に自転車で向かっていた頃に戻ったみたいに。

彼女は私と姉の小さな手の感触をまだ覚えているとしきりに、何回もくりかえして言った。

父と母が取材や撮影に夢中になると、私と姉は「あっこおばちゃ〜ん」と言って、あっこおばちゃんのところに走って来て、争うように手をつないだのだと言う。

子どもを持たなかったあっこおばちゃんの人生で最もあっこおばちゃんを愛した子どもたちは私たちだったんだろう。

姉が五十七、私が五十。もう私たちの手が小さかった頃を覚えていてくれる人はほとんどこの世にいない。

もう歩けなくなって、家から出られなくなったと言っていたから埼玉まで会いに行った。

懐（なつ）かしいわ、懐かしいわ、たくさん思い出があるってほんとうにすばらしいことだって最近思うの。小さい手の思い出をいつも思い出してるの。あなたたちのお母さんの形見のカーディガンを時々ぎゅっと抱いて泣いてるけど、それは悪い涙じゃないから。

いつも着ないのは、私がいつも着てしまうとあなたたちのお母さんが薄れてしまう気がするからなのよ。

いろんなことがなんと遠くに行ってしまったんだろう、と雨がつたう窓を見ながら私は思った。遠くに行ってしまったものはなんでみんなこんなにも美しいんだろう。

でも小さいとき、ときどき私は未来の自分のまなざしを感じていた。

「なんてことないように思えることが、あとですごくだいじになるよ」

とそのまなざしの主はいつも言っていた。

そうか、そう思った方がいいんだろうな、と私はぼんやり思ったものだった。

やっぱりそうだったのかと今は思う。

世情

Twitterでいつも私に対して自分の恋のことを書いてくる人がいる。確実に四十は過ぎている人と思われる。

職場がいっしょのすごく歳下(としした)の男の子に間違いメールをしてしまい、告白したも同然の状態になって、もう恥ずかしいしプライドが許さないから彼とは話したくないし、職場の人間関係も切りたい、やけになって酒を飲みながら、ラジカセでひとりで中島みゆきの「世情」を歌っている、マイクはありますと書いてあった。

ラジカセ……。マイク、そして「世情」。

「ホームにて」でも「ひとり上手」でもなく「わかれうた」でもない。よりによって「世情」。

シュプレヒコールの波　通り過ぎてゆく♫「世情」。

今の若い人たちにとっては、ちょっとイタいだけの光景かもしれない。

独身の四十代が若い男の子を好きになってふられそうで飲んで部屋でひとりラジカセカラオケ。

私も若いころだったら「ひえええええええ」もうこれ以上知りたくない！　と思っただろう。

でも、おばさんになったせいか、子どもがいるからか、いろいろな人を見て寛容になったせいか、それともそれが私の本を読んでくれている人だからなのか、彼女自身の魅力なのか……わからない。

同じ曇り空の下、どこかの部屋の中でその女性がラジカセにマイクでひとり「世情」を歌っている光景を思うと、笑っちゃったあとに心が温かくなってくる。いいねえ、人間は、それぞれみんなが同じ空の下でそれぞれのそんなようなことをして生きている、そういうところもいいねえ、と思う。きっと彼女も笑っちゃっているだろう。そういう文面だった。

そしてちょっとだけ思う。

そのマイペースな感じにいつか必ず男がひっかかってくるから、身ぎれいにだけしていてねと。

妹に感じるみたいに、愛(いと)おしく思いながら。

こんな優しい気持ちを感じられる距離はとても大切。

そしてこんな優しい気持ちをみんなが人に持つことができたら、みんなもっと楽になるのに。

なんと言えばいいか

家族が次々亡(な)くなって、借家の大家さんともトラブルがあって、とにかく短期間に貯金を使い果たしたというようなことをお酒の席でぐちると、いろいろな反応があった。ないって言ってもうちよりはまだあるくせに贅沢(ぜいたく)だという反応、それは気の毒にという反応、そんな景気の悪い話はなしにしてという反応、うちのほうが悲惨だという反応、そんなふうにいろいろだった。

それでとりあえず小さな家に越して、前の大きな家にあって入りきらなかったものを処分したりしている最中にも小さな家に越すことに関するいろいろなことを言われた。

さすがにちょっとみじめなような、そんな気持ちになった。

だいたい銀行というものは不思議すぎる。前年の業績がよくなかったからお金を貸さないって、それは逆じゃないのか？　と思うけれど、向こうも商売だし、その一年は両親と親友の死に丸ごとあげてしまったから悔いはないし、こんなにも働いているのだから、いつかまた引っ越しもするだろうとのんきにかまえていた。

もちろんだれにも借金を申し込むつもりはない。

自分も人にお金を貸さない。

だからこそ、気楽にそういうぐちを言えるのだ。

仕事を回してくれる人、微妙にいろいろ負けてくれたりいろいろなものをくれる人、などなど反応はいろいろだった。

最近の私はめったにただおごることはなくて、働いている人からはできるだけひとり千円とか出してもらうようにしている。

昔はそうではなかった。

歳下にはどんどんごちそうしていた。いつか君たちが歳下の人に囲まれる歳になったら、下の人たちにごちそうしてあげてね、と思っていた。

しかしそうするとその人たちがやがて、人の顔色を見ながらさいふを出したり引っ込めたりするレベルではなく、当然のことのように全くさいふを出さないようになっていくのである。

私はなんだかそのようすが好きになれなかった。その人たちにとってもいいことのような気がしなかった。でも、もしかしたら単に私がものごとを長い目で見ることができるような大きな器ではなかっただけなのかもしれない。

夏の海の宿屋にやってきたみんなの分の宿代を払っていた父のことを思い出した。あるとき自分で出そうよという人が現れて、みんなにそれを伝えてくれたからよかったし、もしかしたらそういう人が現れるのを父は心のどこかで小さく粘り強く待っていたのかもしれないけれど、とにかくそうだった。

貧乏でもないのにお金を払わないで泳いで食べて飲んで帰っていった人たちを狭量(きょうりょう)な私は心のどこかでまだ少し憎んでいるように思う。

私なんてその程度の人間だ。だからこそ、人のために自分ができることを、せめてしたいのだ。

父はお金がなんとなく足りないまま、そこそこ古い病院の小さな病室で苦しみながら死んだ。

私はふわふわのベッドに高級料理の病院で死にたいわけではない。親もそうであってほしかったというわけでもない。その死に方でも、精一杯生きて人に尽くした父は不幸ではなかったからだ。

でも、あのとき払わなかった人たちがなんにもしなかったことについてはなんとなくいやだと思う。

こんな私はどうしても父のように偉大になれそうにない。

あるとき、私が例によって「親を看取り終わったらお金がなくなってたよ〜」みたいなことを言ったら、まだ小さいお子さんが三人もいる友だちのまみちゃんがメールできっぱりと、

「百万円ならいつでもお渡しできます」

と書いてきた。この対応すごいなあと思った。そこにある全てのすばらしさがまねできないものだった。

私はそんなまみちゃんがとても好きだ。私もだれかにとってまみちゃんのように明快でありたい。くよくよ考えたり、気取ったり、自分の良さを盛ったりしないような、

そういう反射的な反応に関しても明快であれるような人生を歩みたい。

ワインとチーズ

赤ワインと、こってりしたチーズをちょっとだけつまむのが大好きだ。酔っぱらわない程度なのが大切だ。チーズもお腹（なか）いっぱい食べてはもちろんいけない。もうちょっとあったらいいのにくらいがいちばんだ。

夜中で家族がみな寝静まっているとなおいいと思う。

その時間のためにがんばるぞと思いながら歯を食いしばって仕事をしている日さえある。

世間のみなさんを見ていて思うことがある。自分も含め、順番と気持ちがぐちゃぐちゃになりやすいのが現代社会の小さな病みたいな感じがする。

高熱でくらくらしているのに自分の好きなその時間をむりに起きていたり、二日酔いで吐きそうなのにがんばってワインをあけたり、眠くてしかたないのにその時間がないと自分は明日もがんばれないからと何かしてしまったり、あくまで比喩だけれどそういう感じのことが増えてはいないだろうか？

驚くほど想像力のない人にもよく出会う。

気取った店で息子くらいの歳の「今さっき必死こいてワインとチーズを勉強しました」みたいな男の子に「このみすぼらしいおじさんとおばさん、ここにあるようないいワインとかチーズとかについて一切知らないんだろうな」というような対応をされると「もしかしたら私たち世界のいろんなところに行って、おいしいものを食べつくした夫婦かもよ、そういうこともあるっていうことを少しでも想像しないと仕事も楽しくならないんじゃないの？」と思ってしまう。

まあ、自分たちがみすぼらしいかっこうをしているのがいちばん悪いんですが……。

全く関係ないけれど、アークヒルズのとなりのＡＮＡのホテルの三階のシャンパンバーでは、とんでもない高いシャンパンをグラスで飲めるのですばらしい。昔からそうだった。今でこそそういうお店は増えたが、昔はほんとうに貴重なことだった。

でも私にとっては残念なことに、そこのチーズは五人くらいいてちょうどいいくらい、ごはんに例えるなら丼ものくらいあり、ふたりで行ったらチーズで満腹になる。どういう設定であの量にしたのか？　海外の方が多いからなのか？

あまりにも好きだからたまにしか行かないようにしているのですが、東京ってなんてすばらしい、東京に住んでいてほんとうによかった、とあそこのカウンターに座っているといつもちびまる子ちゃんがパァァ……！　となってるときみたいな気持ちになる。

白日夢（ユーミンの名曲より）

別れた恋人に新しい彼女ができたという。

もう？　と思い少しだけショックだったけれど、別にいいと思った。私はまだひとりだけれど、彼が幸せになるのはとてもいい。そう思えた。

彼が遠くに転勤になるから、結婚しようと言われた。そんな急には無理だよ、と私が断って、彼はすぐ切り替えた。あの切り替えの早さを見たら、百年の恋も冷めるというほどだった。私は彼にとってなかった人になり、見えない存在になり、私のどんな美点も彼にとって急に意味のないものになった。もう会うだけでも苦痛なくらいに、きつい体験だった。

これまで私のいいところを惜しみなくほめてくれていたのは、自分のものだったからだったのだ。

野に咲く花をほめるように、世界の中にただある私を、眺めてくれていたのではなかったのだ。

とても悲しかったけれど、転勤→結婚という決断のしかたの中に、自然な流れを感じなかったから、しかたがない。家族、仕事、住まい、どれを取っても、ちゃんと整理するにはすごくがんばっても半年はかかると思った。

頑固になっていたわけでもない、意地をはったのでもない。自然でない決断をしたあとにやってくる数々のことを乗り越えられる自信がなかった。

彼の結婚が決まってから、共通の友だちに会うとみんなすごく気まずい顔をするようになった。その気まずい感じをはじめは「元恋人が結婚することが決まった女と会う気まずさ」と思っていたけれど、なんだかその気まずさの中にもうひとひねりした深みを感じ続けていた。

私はそのひとりをついに問いつめた。お互いに残業の後だったから、軽くごはんでも食べようと入ったパブで、ビールを飲みながら。なんでそんなに気まずそうなの？

私がまだ彼を思ってると思ってるわけ？　それとも彼らの結婚が決まっていて、黙ってろって言われてるわけ？

「それがさあ、その人の顔、おまえにそっくりなんだよ」

彼は目をそらして言った。

私はなんだか少し甘い気持ちになった。痛いけれど甘い、甘酸っぱいのではなくて、ふんわりと甘い。そういう感じだった。

「そんなにも私の顔が好きだったのかしら」

私が得意げに言うと、彼は吹き出した。

「顔以外がいやだったってことじゃないの？」

ふたりで大笑いして、なんだかすっきりとした気持ちになった。

そうかあ、顔以外は気にいらなかったのか。

海外に転勤になるから結婚しておこうと言われたときとよく似た気持ちだった。今はむり、でも、少し嬉しいと私は言った。彼は断られたとだけ思った。

その後、一度だけ百貨店のトイレでその人に会ってしまった。

鏡を見たら数個となりの鏡に自分によく似た人が映っていた。背格好は少し違う。服装も違う。私はキャリアウーマン系で彼女はかわいい系だった。なにより目が違う。

彼女の濡れたような淋しそうな目。比べるとまるで私はアマゾネス。鏡の中でちらっと目が合った。

トイレから出ると、その人は後ろ姿で立っている男性に待たせてごめん、混んでたから、とささやくような声で言った。その視線の先にいたのはもちろん彼だったので、私はわざと遅れて歩いた。後をつけたりもしない。ショックも受けなかった。ただ、結ばれなかったひとつのカップルがあったなあ、と思っただけだ。

ときどき、雨の夜などに私は夢想する。

別に愛してなかったわけではない。結婚したくなかったわけでもない。だから、私にそっくりなあの人の目を通して、たまに私が彼に持っていた愛情が彼らの愛に光を添えてくれるといい。

そんなことだからまだ結婚できないんだよ、と自分で自分につっこみを入れたことがかつてある。

むだじゃなかった

高校のときの親友はものすごい恋愛体質で、常に恋をしていた。そして私は昔から変わらず地味で、同じ彼とくっついたり別れたりして高校時代をずっと悩んでいた。

だから私たちは夜、ばかみたいに長電話をした。

両方の両親がかんかんになって部屋に入ってくるまでずっとずっと。

いろいろなことを話したけれど、だいたいはどうでもいいことばかりだった。

高校時代を思い返すと、やたら寝ていたこととやたらだるかったことと恋人とすったもんだしていたことと、彼女と長電話していたことしか思い出せない。

なんだかむだに過ごしてしまったなあ、と思い、インタビューでも常にそう答えていた。

しかし、そうではなかったのだ。

あるとき、少しだけ大人になってから、私は彼女と焼き鳥屋で飲んでいた。

彼女はあいかわらず恋愛をしていて、その切なさ、彼を恋しく思う気持ちのやるせなさを切々と語っていた。

私は高校時代よりもずっと大人の気持ちで、それを聞いていた。

「そういえば私も彼とは別れてしまったけど、最近新しい彼氏ができてさあ」

と私がなんの気なしに言ったときの、彼女の顔。

一秒くらいで彼女は信じられないくらいに美しい笑顔になったのだ。

妬(ねた)みもない、うらやみもない、前の彼氏とはどうなったとかそういう設定もなにも気にしない。まるで女神みたいにぱあっと笑って、

「よかった、ほんとうによかったね。おめでとう」

と彼女は言った。

私は焼き鳥屋のカウンターに突然女神が出現したことにびっくりしてしまって、ぽかんとしていた。

そのすばらしい笑顔を見ることができたのだから、人というものをまたほんの少し好きになることができるくらいの瞳(ひとみ)の輝きを見ることができたから、あの長電話の時間の全てが一秒もむだではなかったんだ、と私は思った。

人形劇団

パペットでお芝居をして全国のいろいろな施設をボランティアで回っている人形劇団に私はある時期属していた。収入はたいてい区と投げ銭から得ていたので、人々はいつもお金のことでもめていた。打ち上げにいくら、告知にいくら、イラストを描いてくれた人になにかおごらなくては、そんなようなことばかりだった。

人形も少し古びていた。人形どうしはお芝居の中でいつも仲睦（むつ）まじく寄り添ったり、共に冒険をしたり、仲間を大切にしている。

そこに良いものを吸い取られすぎてしまったのか、劇団の人間関係は最悪だった。自分が顔を出していないのに舞台に出るという、そのことの中にこそ、屈折した感情が生じやすいのかもしれない。

私は事務方だったので、そのドロドロをわりと距離を置いて見ることができたのだが、おかしなエネルギーに接している胸焼けのようなものは常にあった。人形がきれいな存在でいるために、こんなにも人間はドロドロしなくてはいけないのだろうか？

袖（そで）から見ていると、舞台の上の人形が光にあたっていて、下にいる人間は暗い中でかがんで演じている。それはまるで、よく山のようなものを描いた絵で例えられる、あの図。意識と無意識だとか潜在意識だとか、あれのようだった。

そのとき、劇団では王子様とお姫様が出てくるオリジナルの話を公演していた。

王子様とお姫様を演じているふたりは男女で、それぞれに伴侶がいるのだがつきあっていた。舞台の上で抱き合う人形たちもそこはかとなく色っぽくて、それはいい効果に思えた。その男性は「なんで人形劇団にいるの？」というくらいかっこいい人で、手当り次第に女の人を口説く。一度打ち上げがあると確実にその中のひとりと寝ている、みたいな人だった。そのお芝居でふたりを引き裂く魔女を演じている女性は数年前にその男の人とつきあっていた人だった。表面的には穏やかにふるまっているが、内心は怒りで煮えたぎっていて、なにかとふたりにつっかかるようになっていた。

それもまた舞台にリアリティを出しているから、いやな面ばかりではないし、いいんだろうと思っていた。

あるとき、私は残業して珍しく黒字だった売り上げの計算をしていた。

そのオリジナル劇を新橋と小岩で上演して、来週からは名古屋に行こうというときのことだった。役者さんたちはしばしの休演期間にそれぞれの人生を味わっていて、私はその間忙しい、そんな時期だった。私はひとりで事務所にいて、エクセルの書類を作り上げて、保存して、明日は税理士さんとの打ち合わせがあるから今日は早く帰ろう、と思って事務所をしめた。

事務所の脇(わき)には大きな倉庫があり、そこで役者さんたちが練習したり人形を保管したり、いろいろな用途に使っていた。

私はいちおう今回の劇に登場した人形の数を数えておこう、と思って、事務所の鍵(かぎ)の横にくっついている倉庫の鍵を出し、ドアを開けた。たまに税理士さんに作品の規模を聞かれることがあるのだ。登場した人形の数が参考になるかもしれない。

……もちろん理屈ではそう思っていた。しかしもうひとつの理由は、なんだか倉庫の中に変な雰囲気を感じたからだ。

だれかがいるような、なにかをしているような、そんな感じ。

背筋がぞくぞくして、頭に血がのぼった。もちろんだれかが侵入したりしていても対応できるように、私は防犯会社の緊急スイッチの位置をいちばんに確かめた。ビルの管理人さんにもいちおう連絡をしておいた。ひとりで倉庫に入りますというようなことを。

薄暗い倉庫には、天井近くにある小さな窓からの光だけがうっすら差し込んでいた。注意深く待ってみたが人の気配は一切なく、私はほっとした。

私は電気をつけて、人形がきれいに収められているはずの棚のところに歩いていった。

人形は私たちにとって神聖なものである。いつもきれいに整えられて、きちんと並べられている。

しかし、その時私の見たのは恐ろしいものだった。

王子様とお姫様の人形が、ずたずたになっていたのだ。ナイフでされたようなずたずた感ではなく、手足や首がもげて、二体が混じり合っていた。ものすごい悪意の嵐（あらし）でかきまぜられて握りつぶされたような感じだった。

そしてその横に、きれいな状態で魔女の人形が座っていた。

私はすぐ劇団長を呼び、写真を撮り、人形作家もやってきて涙しながら修理のためにそれらを持っていった。劇団内は大騒ぎになった。

みんなはもちろん魔女役の人を疑ったし、私も表向きはそう思った。

でも鍵はいつも決まった人しか扱えなかったから、彼女にはなかなかできないことのはずだったし、東京にいなかったというアリバイもあった。そのため私も疑われたりして、とてもいやな思いをしたし、魔女役の人は結局辞めてしまった。後味の悪い事件だったが、真相は謎（なぞ）のままだった。

私は今でもなんとなく、あれは人間がやったんじゃないんじゃないかな、と思っている。

そう思った方が、私のようなタイプにとっては気が楽だからなのかもしれない。

素子さん

高校のときも大学のときも、自分が作家になってからも、よく行く喫茶店（カフェという感じではなかった）でたまに作家の素子（もとこ）さんを見かけた。

線路沿いのだだっ広い喫茶店で、窓から踏切が見えた。

そのたたずまいはどの年代でも全く変わらず、彼女はとてもきれいで、どこか女子大生のような清潔感があった。透明で、きりっとしていて、夢の中に住んでいるような遠い感じ。

それからそれに相反するような不思議に淡い、しかし確かな生活感があった。この人はきっとスーパーにも行くだろうし、お腹も壊すことがあるだろうし、寝坊することもあるんだろうなあ、というような身近な感じ。

この人がこの小さな体を毎日繊細に震わせて、ときには激しく力を込めて、あんな不思議な小説を書いているんだと思うと、胸がいっぱいになった。

私は特に彼女の作品の大ファンではなかったけれど、彼女の小説世界にある不思議な勢いのようなものは彼女からそのまま感じられた。人として大好きなたたずまいだった。

一度思い切って声をかけてみたら、驚いた顔をしていらしたが、とても親切に落ち着いて対応してくれた。

この人はたくさんのぬいぐるみをご主人と共に大切に愛しながら暮らして、毎日不思議な視点から原稿を書いて、ここで打ち合わせをしたりお茶を飲んだりしている。そのことをこんなに優しい気持ちで見てきた人がいることも知らずに。

あんなたたずまいの人が同業のしかも先輩としているということが、心の片隅をずっとどこかで温め続けてくれている。

いつかあそこへ

すばらしい夢を見た。

夢の中の部屋の窓はみんなあいていた。そこから生暖かくきれいな風がずっと入ってきていた。その風は甘い香りがしていた。いつかハワイでかいだことのある匂(にお)い。木や草の香りがまじったような自然界の甘さ。部屋じゅうに光がさんさんと降り注ぎ、窓には青空がまぶしく見えた。

窓の外には空と鳥と、それから、一面の海。はるかに緑の島が見えた。

そこは私の家ではなかった。ホテルのようなところだった。ソファもカーテンも天井も照明も、全てが白っぽいインテリアで、床は白く塗られた木で、簡素だけれど重厚な感じがして、どの国の感じでもなかった。ふたつの部屋があり、ひとつはテーブルのあるダイニングのようなところ。ただし、キッチンはなかった。もうひとつは大きなソファがあるリビングルーム。TVはなぜか一台もなかった。

そこにはいろいろな人がいた。そんなに大勢ではなかったが、もう会えない昔の友だちや、今もたまに会う仲のいい人たち。それから家族。私の事務所のスタッフ。亡くなった人たち。みんなとにかくにこにこしていて、たまに会話をしている。目が合うとみんなにこっと笑う。

その笑顔にはなんの憂(う)さもなく、みんなが赤ちゃんみたいなすっきりした表情だった。

そこにいるとき私もきっとそういう顔をしていたのだろう。

これからどこに行くとか、今夜なにをするとかいうことは一切なかった。みんながただ今その場所と時間にくつろいでいるのだった。

目が覚めてもあの場所の香りがまわりに残っている気がした。いつか私はあそこに行くんだろう、そう思った。

その日から、死ぬことに対して闇(やみ)のイメージが消えた気がする。

大好き

すごくショックな写真を見た。

大好きな人が別の人とベッドでたわむれあっている写真だった。

でも、いつも旅先などでふつうに見ているその人の足の裏とか首すじとかを見て、いいなあと思ってしみじみした。全然セクシャルな気持ちではなく、うちの犬とか息子の大好きな体の線を見てほれぼれするのと同じ気持ちだった。自分はその人のことがほんとうに大好きなんだなあとびっくりした。

いろいろな恋をしてきたけれど、こういうふうにかわいらしく人を大好きになったことはなかった。焼きもちより先に来たのがほれぼれ感と感謝だったのだ。

こんなふうに、家族でもなく恋愛でもなく、知らない形で好きになれた人がいたことと、その人とこれからもまだきっと会ってただ楽しい時間を過ごせるだろうことが、うっとりするくらいに、夢のようにただ幸せだったのだ。

性欲とか独占欲とかそういうのではなくて、こんなふうに人を好きでいられるのがいちばんいいんじゃないかな、と思った。ちょっと鷹揚(おうよう)に、ぽわんとして、てきとうで、なにも目指さない好きさで。

夢見のイムリ

夢の中で、私は懐かしい西伊豆土肥(にしいずとい)の海岸にいた。

いつも泳ぐあたり、港のそばのビーチ。

今の少しくぐもったような山や空や海の色ではなくて、私がまだ少女の頃の、激しくくっきりした色だった。全てが鮮やかに際立(きわだ)っている。

私は姉と浅瀬を泳いで、これから浜に上がろうとしていた。

そのとき、遠くから低い空を、見たこともない飛行機が飛んできた。形は飛行機で窓もあるのだが、横長でホバークラフトみたいな形をしていた。

「やたらに低く飛ぶね」

と私は言い、

「港に落ちそうだね」

と姉が言った。

港の堤防は沖に少し延びている。山を背景に小さくその様子が見えた。

すると、その飛行機は海の上を数回ジャンプして着水した。

しぶきがあがり、真っ青な空にその白が映え、機体の光が反射してそれはそれは美しい光景だったので、私は目をみはってしまった。

「ああいう乗り物なの？」

と私は言い、

「いや、違うと思う、なにかあったんだ」

と姉が言った。

私たちは、じっと着水しているその乗り物を見ていた。不思議と浜の人もみなぼんやりとそれを見ていた。まだなにが起きたのかわからないかのように、ぼうっと。

そのとき、コントロールを失った感じで、ふいにその飛行機はまた空に浮いた。そして奇妙な音をたてて私たちの上を変なラインを描いて旋回した。子どもが力任せにクレヨンで描いたようなぎゅっとしたラインだった。あっというまに、それは私たちの上を抜け、浜に建つ明治館の建物を越し、裏の山の緑にぐさっと刺さるように突っ込んだ。

全てが、とてもゆっくりに、そして限りなくきれいに見えた。色鮮やかに。

飛行機は山に突っ込んだあと、ずずんと音を立てて縦になった。飛行機の中で人やものが上から下へと落ちるのが見えた。

ああ、何人も死んだに違いない、でも、何人かは助かっただろう、そう思った。

なんてこわいものを見てしまったんだろう。

機体からは煙が出ていた。

「爆発したらあぶないから、浜を離れよう。でも、陸に上がるとあぶないから、距離を保つためにこのまま浅瀬を走っていこう」

私は言い、姉はうなずいた。

そこに沖から泳いで父がやってきた。その出来事に驚いていることは表情でわかった。

父と私と姉はうなずきあって、とにかく海の中を通りながらそこから離れよう、宿の方向に向かおう、と思い合っているのを確認した。

やっと人々は事態のたいへんさを知り、大勢が機体に向かって走り出していた。遠くに救急車のサイレンの音も聞こえた。

私は左手で父の手を、右手で姉の手をぎゅっと握り、母の待つ宿へと足を向けた。くるぶしまでの波が妙に心地よく、世界の終わりのようなあまりの美しい光と水のきらめきに、なにもなかったような静寂さをたたえた空の青に、うっとりしていた。

「亡くなったかもしれない人には悪いけど、なんて美しい体験を私はしているのだろう」と、そう思っていた。

世界中が天国のように光り輝いて見えていたからだ。

目を覚ましてもしばらくは父と姉の手のぬくもりが残っていた。


その夜、姉に夢の話をメールしたら、姉も「実は似た夢を見た。高校生くらいの私と、海でいつも着ていた紺色のパーカーを着たお父さんと、もう少し幼いまほちゃん(私の本名)と、三人で土肥の浜辺を歩いている夢だった。お父さんの骨を天草に散骨に行く日にちを相談していて『だめだよ、そんな話。おかしいよ、だってお父さんここにいるじゃない』と泣き笑いする夢だった」と書いてきた。

その日親戚(しんせき)の納骨があったからなのか、それとも父は今きれいな場所にいるということや、私たちを愛していてまだいっしょにいることを伝えたかったのか。

わからないけれど、そしてとても不思議なことだけれど、全部があたりまえのことのように思えた。

デングの森

オリンピックセンターから真冬の代々木公園の中を抜けて、原宿まで歩いた。

ひとつ歳下の女友達となんていうことないことを話しながら、いちょうの葉がじゅうたんみたいになっていて、信じがたいくらい全部真っ黄色の中を。

銀杏（ぎんなん）の匂いもするし、人々の声も響いているし、なのになぜか雪の中にいるみたいに葉っぱの海に音が吸い込まれていって静かで清らかだった。噴水は冷たい水を寒そうにきらきらと吹き上げていた。あまりのきれいさにまるで夢の中にいるみたいだった。

こんなすごいことを東京の中で見ることができるなんて。

でもそれは「さあ、今日は黄色い葉っぱを見に代々木公園に行こう」と思って意気込んでいたならば、決してわからなかった美しさだった。

流れの中にいたから、偶然見ることができたんだと思う。

美は偶然の中にあり、ぎゅっとつかむと逃げてしまうから。

そのとき、冷たいほほをきんとした空気にさらしながら見た公園の中の人たちは、みなその美しさの一部になり、まるでなにかに酔っているように見えた。

そして、公園を抜けていきなり大勢の人がいる大都会の原宿に出たとき、なんだか生まれ変わったように全てが新鮮に見えた。

葉は、空は、水は、常に私たちの目を清める。

その恩恵をふわっとまとって、たとえ都会にいても私たちは生き生きとできる。

いつも去年

姉が言った。

「お父さんとお母さんが死んだのは、いつも頭の中で去年のことなんだ」

私もほんとうにそう思っていたので、びっくりした。

もう二年もたっているのに、いつも去年のできごと。

時が止まっているわけでもないし、認めていないということでもない。

生きているときはなにもかもがそこにあった。小さいときにお父さんと手をつないで坂道を毎日下っていったところから、お母さんが朝寝坊しているときに、起きないいかなとじっといっしょに寝ていたときから、実はなにも変わっていなかった。いなくなったとたんに、ゼロになった。

ゼロからの一歩は何年もかかることを知った。

今も人に聞かれると「それは去年のことだったような」と思う。きっと心のどこかでは、自分が八十歳になってもそう思っているのだろう。そう思っている自分を庭で拾ったきれいで大きな木の葉でそっと包むみたいに年を取っていくのだろう。

ブレインウォッシング

小さい頃、あまりにもすごい才能の少女漫画家たちが、花開くように勢いよくたくさんの作品を描いていた。

私の頭の中をその世界は圧倒し、埋めつくし、深くしみていった。骨の髄までしみたように思う。

しかし高度成長期の日本でもやはり結婚は女の人生の重大事だった。大人になったら結婚しなくてはいけない、お嫁さんになるのが幸せだ、そのうち当然名字も変わる、産めよ増やせよ、いろいろな人からそう教えられた。

私の両親は駆け落ち婚で、母の前のだんなさんが籍をなかなか抜いてくれなかったり母方の祖母が反対したりした。彼らは入籍というものに関して辛酸をなめつくしていたので、まわりの風潮に反して、娘たちは好きに生きればいいと言っていた。そしてふたことめには「入籍はしないほうがいい、どうしてもしたいならずっとだれかといっしょに住んでそのうちすればいい」と言った。

だれが正しいのか答えはなさそうだが、友だちはみんなお嫁さんになりたいと言っていた。そんな環境の中で幼い頃私は思っていた。

こんなにすばらしい漫画家さんたちはどうもだれも結婚していないようだ。忙しいお仕事だからなんだろうし、これだけ才能があったらエゴも強いのかもしれないし、もしかしたら内気であまり恋愛に向いてないのかもしれないし、収入が多すぎるのかもしれないし……とにかくどうもお仕事がすごく忙しいということは、結婚するのがむつかしいということみたいだ。ということは、あのすばらしい人たちは実生活の幸福を犠牲にして作品を読ませてくれているのだろうか？

もしかしたら、淋しくて不幸なのだろうか？　そんな悲しいこと、信じたくない！

そんなふうにもやもやと胸を痛めていた。

大人になって、いろいろなことがわかってきた。

結婚していようがいまいが手放しで幸せな人はいないということや、人生はたいへんだから楽な人生の人などいないということや、社会は男の人を中心に回っているということや、私の好きなようなものを好きな人はとても少ないということや。

そして仕事をするようになったからこそ、子ども時代の神たちと実際に会うことができた。

大島先生（やりとりをしただけでお会いしたことはないけれど、私の人生を変えた人だから加えておきます）も萩尾先生も岩館先生も、結婚していないのにとても美しく楽しそうに暮らしていた。

どの先生たちの暮らしも、ほんとうに彼女たちにぴったりに仕立てたような、ちょうどいい形だった。もちろん苦しいこともあるだろうし、人と違うことでいやな思いをされることだってきっとあるのだろう。でもその人たちはそれぞれの好きなところに好きなように住み、猫を飼い、友だちに囲まれ、悔いのない雰囲気の中で作品と人生をきっちりと美しく積み上げていた。その人たちの周りにはそれぞれのマンガと同じ世界があり、私はそこに心から憩った。うそのない人生、これを幸せと言わなくてなんと言ったらいいだろうというくらい、彼女たちは生き生きとしていた。

よかった。やっぱり、お嫁さんになるだけが幸せではない。だれもはっきりとそう言ってくれなかったけど、特に女性の権利を訴えずにお嫁さんではない人生を生きている人はたくさんいるのだ。

それを心から理解して、私の心は、長い時を経てほんとうの意味でよみがえったように思う。

涙

その夢の中で、私はまだ若くて、友だちといっしょにきれいなマンションの一室で、バリバリにお化粧をしたドラッグクイーンに女性として輝くためのレッスンをなぜだか受けていた。

「ちょっと太めで背が低い、お化粧が濃くなった『女王蜂（ばち）』のアヴちゃん」みたいなきれいな人だった。

その人は私の友だちにメイクのしかたを変えろと言っていた。なんだか老けて見えるし、色使いも悪いから、こういうところにはピンクを使って、アイラインはつり目気味に描いて……などなど。今度その人に会ったら言ってあげようと思うくらいで、そのメイク法は私ではとても思いつかないくらい的確だった。

私はスッピンだったのでそのやる気のなさがなんだか申し訳ない気持ちでいたら、彼女はその温かい大きな両の手の平で私の頰を包んで、

「あなたは泣けるようにならないと。人前でもなんでもね」

と言った。

夢の中の私はまだ大学生くらいだったけれど、夢だから時間の流れがぐちゃぐちゃになっていて、

「そういえばお父さんとお母さんのお葬式でもちっとも泣けなかったなあ」

とぼんやり思った。

彼女の目はほんとうに優しくて、くっきり描いた眉毛の線とその瞳の深いグレー（多分髪の毛のきれいな銀色に合わせて、カラーコンタクトをしていたんだと思う）を見ていたら、涙がぽろぽろ出てきた。

彼女は私の頰を包んだまま、

「そうそう、そういう状態だったら、無敵だよ」

と微笑(ほほえ)んだ。彼女の目もうるんでいた。

私たちの涙は不思議なことに尖(とが)った氷の粒になり、こんこんと小さな音をたてて床に落ちたが、なぜか頬の上ではこの上なく温かく感じられた。

目が覚めたとき、ぼうっとしてしまった。

あの人にこの人生で会うことはきっとないだろう。でも「ありがとう」と思った。きっとどこかの次元で、別の世界で、今日もだれかにメイクを教えたり、心の奥底の傷を慰めたりしているんだろう。夜は飲みに行って、そのうさを男らしく晴らしているんだろう、あの人は。

青空のような人

彼に会うと、いつもはっとする。

人間がまとっているもやのようなものを、彼は一切まとっていないからだ。

そして私がうっかりとそのようなものを、つまり人を惹きつけるために心に引っ掛けるフックのようなものを彼にふっと出してしまうと、彼はそれを即座に、しかしそうっとはずす。

そのはずすときの手つき(あくまで心の中の手つきなんだけれど)があまりにも優しいので、そしてきれいなので、私はそれに見とれていて、自分の心のもやの汚れさえ忘れてしまうのだ。

人が人にしてあげられることって、それだけなのかもしれない。

雪の中をいっしょに歩いていて、ふっと顔をあげたら彼がそこにいた。楽しいな、今、この瞬間が楽しいな、生きているんだなと思えた。夕陽がただ雪山を照らしている。

そういうことをいつも彼に教えてもらう。

最高の……

セドナの高級ホテルに泊まり、そこからトレッキングに出かけた。

真っ青な空を背景にして、美しく切り立った赤茶色の岩が私たち観光客のまわりをぐるりと囲んでいた。

みんな思い思いのふるまいをしていた。高い岩に登るもの、写真を撮りあうもの、瞑想(めいそう)したりヨガをするもの……。

その背景に美しい笛の音が聞こえていた。見上げると、考えられないくらい高く細い岩の上に、ネイティブアメリカンの伝統的な服を着た男の人が、ネイティブアメリカンフルートを吹いていた。その美しい旋律は高く低く岩の間に響き渡っていた。

「あんな高いところで演奏するなんて、すごい」

「すばらしいねえ」

私たち一行はそういい合っていたが、夫がふと言い出した。

「はるか小さく見えるあの男の人は、もしかしたらいつもホテルの部屋に帰るとついているＴＶの画面に出ている、ネイティブアメリカンフルートのＣＤの人なのではないだろうか？」

TVを消して部屋を出ても、帰るとついていて音楽が流れている。そして最後にそのCDのジャケットが大写しになる。

「ええ？　これってプロモーションの一環なの？　なんだかすごい規模だねえ、壮大だねえ」

私たちはびっくりして演奏する彼を見上げた。

彼はポンチョのすそをなびかせて、美しい大地に美しい音色を流していた。

私たちはトレッキングコースを歩きはじめて、彼の座っている岩は遠ざかっていったが、音楽は聴こえていた。

そしてあるところで音楽は止んだ。

「ぴったり十一時、ますますあやしいですね……」

と私の秘書が言った。

このできごとはちっとも悪くはない。

これだったらだれもがWIN-WINの関係にあるし、向いていることをしているんだし、すばらしいことだ。音楽も演奏もクオリティが高かった。

このプロモーション方法を考えたホテルの広報の人はきっとすごく賢いんだと思う。

最高に冴えたプロモーションであり、そして……なんでだかわからないが、ほんとうにわからないのだが、最高に！　笑えてくるくらいに「いやらしい」感じがする。こう思ってしまう自分の中に、ある種の人たちへのコンプレックスがあるのか、あるいはその反応の中になにかしら大切なものがあるのか、私にはほんとうにわからないのだ。

でもきっと彼らはいい人たちなんだろうと思う。

「最高の場所で最高の演奏を聴かせてあげれば、大地も観光客も私たちも潤う。演奏者も私たちも金銭的にも潤う。だから太古から伝わる楽器のすばらしさをみんなに最高の形で伝えられるし、サポートできる」

心からそう思っているのだと思う。

仕事柄、私はその種の裕福な人たちにたくさん会う。みなほんとうにいい人たちだ。ふつうに接する分には最良の人たちと言える。モラルがあり、愛を知っていて、人生を楽しもうとしているところもすばらしい。

でもたまに彼らが一歩分だけ矛盾しているところを見てしまうことがある。ほんの一歩、あるいは半歩分くらいなのでなかなか見えにくい。人間は弱いもので完璧ではない。そのくらいの矛盾があってもなにも悪くはない。自分はもっとぐうたらで矛盾だらけだもの。

だから私の中に裁く心は生まれて来ない。ただ、その半歩を見逃さないところだけは自分の中で大事にしている。

その後のある日、私は下北沢のジュエリーの店で、友だちにプレゼントする石を買っていた。そこのオーナーはアリゾナのあちこちに出かけていて、現地のネイティブアメリカンに友だちもたくさんいて、日本でもなにかとスエットロッジなどを開催している。石を買うとそれに誘われたりするので、ちょっと困っていた。それから一度、子どもがその店にあった絵本を手に取ったら、店にいたお姉さんが「最後まで読んじゃダメ、それは買った人だけのお楽しみだよ」と言ったのがあまり好きになれなかった。

なので、そのお店のことをなんとなく低く見ていたところがあったし、オーナーに関してもどうなんだろう？　と思っていた。

しかしそのとき、店の奥にはたまたまオーナーがいて、ネイティブアメリカンフルートを吹いていた。すぐ近くで聴こえるその音色はすばらしく、私は思わず涙ぐんでしまった。

このことも、ほんとうにまだわからない。こっちのほうが素朴ですばらしいじゃないか、という話ですらない。

自分がどこにどういうふうに位置していいのか、私はまだまだ惑い続けるだろう。その惑いそして問いこそがアートの本質なのかもしれない。

いちばんいいのは、ある日演奏と音楽に優れた人がふっと思い立って岩山の上で演奏をして、気づいたら周りの人たちが奇跡的な瞬間に立ちあっていた……というものにもちろん決まっている。

そうはいかなくなったのが現代社会だから、ホテルの広報は、そして音楽を愛する優れた演奏者は、神の代わりに考えなくてはいけなくなった……ということなのだろうかねえ。

説得力

お金の問題がいろいろ重なって、恋人と別れたことがある。

何年もいっしょに住んでいたのだが、お金がからんだ段階でもう前のような良い関係には戻れないとわかり、私から別れを告げた。

その恋人はその後、いつもいっしょに飲みに行っていた私の行きつけの店にしょっちゅう行って、くだを巻いていたという。私の悪口や、こんなふうに急にこうなるとは思わなかったとか、そういうこと。

後からその場にいた他の人に聞いた話だが、その店のオカマのママが、彼の何回目かのぐちの時にいきなりビシッとこう言ったそうだ。

「しかたないじゃないの。まほちゃんは、ああ見えても吉本ばななななのよ！」

その場にいた人たちはみんな妙に納得したという。

私は、恋人が、私の才能や業を忘れちゃうほどに親しくいてくれたことを、ありがたく思った。そして自分がどうしようもなく作家という種類の業が深い人間であることが、少し哀しかった。

今はもうないあの店の、キラキラ青いカウンターの色や、おいしかったおつまみを思い出すたびに、私を「まほちゃん」として愛してくれた男の人を懐かしく思い出す。

それからあのオカマのママが幸せであるといいなあ、と。

仕事が終わるとよくそのオカマのママはカルボナーラの大盛りを食べていた。

スタイルを保つために一日一食しか食べない人だったから、それは大事な食事だ。

彼のお店の近くにあった「ラ・ボエーム」というお店に入ると、彼はいつも生き生きとした声で「カルボ、大盛りで！」と言った。そして大盛りのカルボナーラを、あっというまに、ほとんどしゃべらずにきれいに食べてしまうのだった。

あんなにおいしそうなカルボナーラを、私は一生見ることがないと思う。

あんたも食べなさいよ、と言われて、カルボナーラを頼んだこともあったし、確かに深夜の高カロリーのカルボナーラは禁断のおいしさだったけれど、きっと私は、一日なにも食べずに働いてお客さんとしゃべってへとへとになってお店を上がったときに彼の食べていたあのパスタの、ものすごい深い味わいを一生知ることはない、そんな気がする。

フグレン

緑道(りょくどう)沿いのその有名なお店はいつもものすごく混んでいる。ごったがえしているに近い。

西洋の人が多く、たむろしていたりソファでくつろいでいたりもする。

あまりにもおしゃれすぎて普通の人は寄りつけないのではないかというような雰囲気だが、注文のしかたがわかっていれば別になんということはない。活気のあるいいお店だ。

私は友だちとコーヒーをテイクアウトして、外のベンチに座った。真冬なのでふたりともレッグウォーマーだとかイヤーマフだとかで完全装備をしていたが、コーヒーはすぐに冷えた。

冷えたけれどおいしいそのコーヒーを飲みながら、ちょっとしたおしゃべりをした。人々はひっきりなしに店を訪れ、お店の人はいかにも気取った今はやりの感じの、マニュアル思考の若い人たちみたいなんだけれど、少しずつ、少しずつなにかを理解しているように見えた。

いろんな種類の人が、いろんな形でやって来る。さっと立ち寄る、ちょっと無駄話をする、小銭をチップにする、長居する、話し込む、黙り込む、もくもくと本を読む、常連は特別扱いしてもらえるようなもらえないような。初めての人は緊張するような楽しいような……そんな自由がお店の中に風を作り、活気を生む、そんなあたりまえのことが日本ではなかなかなかったけれど、今の若い人はだんだん、わかってきている。それが当たり前になったとき、お店というものははじめて意味を持ち、生命が通うのだ。

日本のカフェにもそんな時代が来ることを、海外慣れした中年はこうしてじっと待っている。

最後のがんばり

生まれてはじめてあっこおばちゃんが弱音をはいた。五十年間一回もそんな声を聞いたことがなかった。

「まほちゃん、あっこおばちゃん、もうだめみたい。ほんとうにだめみたいなの」

会いに行くよと励ましてからとても悲しい気持ちで電話を切った。ちょうど親が倒れたときのあの気持ちに似ていた。父が入れ歯をはずして寝ている顔があまりにも死んだおじいちゃんに似ていたのが悲しかった、あの気持ちとか。

そして所用があり出かけて帰ってくると、留守番電話が入っていた。

「さっきはごめんね、あっこおばちゃん、うたた寝していて寝ぼけたまま電話に出ちゃったから、つい暗い声を出しちゃった。あっこおばちゃんは大丈夫よ！　心配しないでね」

精一杯の明るい声で、そう言っていた。

それがうそだと私にはもちろんわかっていたからあわてて会いに行った。それが冒頭のほっぺのエピソードである。

もう立てない状態で、二階から一階にご家族が寝床を移している最中に急に顔を出したら、あっこおばちゃんは必死で立ち上がり、ちゃんと座って、しっかりと会話して、笑顔を見せて、思い出を話してくれた。

立ち上がるときに「うっ」と声を出していたが、さっと顔を上げたときははっきりと意志を持った笑顔になった。

絶対笑顔で別れてみせる、なにがなんでも最後は笑顔を残してみせる、そういう笑顔だった。

そしてその夜「来てくれてありがとう、ほんとうに嬉しかった」と電話があった。夫や息子にもしっかりとした声であいさつをして、元気な声を聞かせてくれた。最後の電話になるかもしれないと、お互いにどこかでわかっていたと思う。「でもいつものように切ろうね、絶対そのことは言わないで、いつものようにお別れしよう」という声が実際に話しているお互いの声の後ろに聞こえてくるような気がした。

それからすぐ、あっこおばちゃんは逝ってしまった。

あんなものすごい死にものぐるいの愛を見せてくれたことを、どう抱きしめて生きていけばいいのか、まだ私はとまどっている。

どてらい奴ら

目の中を切る手術をしたことがある。

手術自体はたいしたことなかったのだが、麻酔が切れたときの痛みがすごかった。日帰りだったのだが、なんと栃木県の小山というところだったので、電車で帰らざるをえなかった。

その後、目の中の糸を抜糸するのなんてもう、ほんとうにホラー映画みたいだったから、貴重な体験ではあった。

外側に向かってのロンパリが単により目になっただけの手術だったが、見え方はほんとうにすごくよくなったし楽になったので、やったかいはあった。

母と姉は私が色気づいて見た目を気にして手術したんだろう、とかなりこの件に関して冷たかっただけに（もちろんそれも理由のひとつとしてはあったけれど、程度にもよるが、外斜視は内斜視よりもずっと疲れるのだ。どう見えるかのことは私にしかわからないことだから、いつもうまく伝えられない。今もそうだが、わりと運動神経がいいので、ものがいっぺんに二つ見えていることの苦痛はあまり周りの人に伝わっていないと思う。とにかくすごく疲れる。学生時代の球技などは全く勘だけでやっていたから、ほんとうにへとへとになった。あまりにも毎日へとへとになるから、私は自分がどこかおかしいのかと思っていたが、なんのことはない、目のせいだった）、なによりも、父がずっと付き添ってくれたことが嬉しかった。

あまりの痛さに私は父の膝（ひざ）にずっと寝たまま、電車に乗った。あの温かさを一生忘れない。

晩年の父の細くなった太ももにふと甘えて頭を載せてみたら、自動的にあの日の映像がよみがえってきてびっくりした。どんな状況にあっても親は一生親なのだ。

そのとき、なにを考えていたのか、どんなに孤独だったのか。それは私は町田康さんがまだ町田町蔵だった頃に山崎春美さんと作った「どてらい男ら」というとんでもない音源を毎日！　聴いていた。そのことでわかる。そのくらい暗い、年頃の娘さんが聴くはずがないような音楽だった。

しかし、なぜかあの楽曲のどん底さと町田さんの強い声だけがそのときの私を激しく癒(いや)したのだった。

きっと創(つく)っていた彼もまたどん底の世界にいたからだろうと思う。

私たちは同じように、小説家になる前のもやもやした世界にいたのだろうと思う。

「これ以上酒が飲めないときは　どてらい奴になるために　電車に乗ろう」

「どてらい奴は終わらない　何度でもはじまる」

あの悲しい世界の中に本気で憩っていた自分を不憫(ふびん)にも思うし、懐かしくも思う。

そして町田さんのリズム感とあのすばらしい声に感謝し続けている。

私のふるさと

私は東京が大好きだ。

生まれ育った場所だし、あらゆるすてきな場所があるし、面白い人もいっぱいいるし、仕事相手もほとんど東京の人ばっかりだ。

残念なのは昔に比べて格段に空気の質が悪くなり、あのすばらしい落ち葉の匂いや冬の匂い、朝の清々(すがすが)しい香りや夏の夕方の匂いなどが楽しめなくなったことくらいだろうか。

いろんな町にいろいろな貌(かお)があり、まるで地層みたいに折り重なった思い出がますます深みを与える。今はなくなった店やいなくなった人を思うのも好きだ。あの頃の良さを思うと今の良さもわかってくる。いつだって目の前にある今がいちばん美しい色をしているから。

それでも、東京にいるとどんどん細かくなってくるのがわかる。

細かいという言い方以外には、神経質というのがいちばんしっくりくる。

「こうしなくちゃ」という声が自分の頭の中に常に聴こえてくるようで、なかなか大らかでいられない。気にいったシャンプーが切れると気が気ではなくなる、そんな感じに近い。

この間、バリの田舎にある大きなヴィラに泊まって、朝、スタッフが働くのをぼんやり見ていた。

彼女たちはおしゃべりしながら、なんとな〜くいつまでもほうきでロビーを掃いている。でもだらけているわけでもないし、生き生きしてないわけでもないし、きれいにならないわけでもない。

キラキラした光の中で、彼女たちの髪の毛がさらさら揺れていて、ほうきと一体になって彼女たちは掃除していた。

男性たちは庭の芝生をひたすらきれいにしていた。風で落ちて来た木の枝を取ったり、プールの周りを洗ったり……これまたたまに立ち話をして手がゆっくりになったり、てきぱきしてない感じで。でも芝生はほどほどに、ちょうどいい感じにきれいになっていった。

目の前の机にはアリンコやハエがしきりにやってくる。私もまたそれらをなんとかしようとは思わない気持ちになっていた。

彼らは働いていないわけではない。

そしてさぼっているわけではない。

人に見られているからしかたなく働いている雰囲気を出しているわけでもない。

あのテンポや雰囲気ややり方こそが、ほんとうに人が「働いている」という感じなのではないかな、と私は思った。しゃかりきでもない、なにも目指してない、でもさぼってない。神様のテンポ、自然の中で違和感のないスピード。完璧でない掃除だが、毎日くり返しても飽きることはない。

東京にはそういうものがなさすぎるから、私はどんどん細かくなっていってしまうんだなと思う。

家の中をどんどん片づけてほとんどなんにもなくなってしまった人のマンガを読んだことがある。気持ちは痛いほどわかった。

もしほんとうに心の中がすっきりしていたら、もともとがほとんどなんにもないはずだ。

だんだんなんにもなくなっていく、そうしたら豊かな気持ちになる。その考えの中にある細かさこそが、私たちが持っている現代病なんだろうと思った。

「カバンなんて入りゃいいしテーブルと椅子なんて座れりゃいい」の正反対の世界がものすごいこだわりの世界で、中庸があるとしたらいちばん楽にみんなが落ち着いた現代の建て売り住宅のような感じ。あの分量の収納にぎっしり入るくらいの荷物の感じ。

いずれにしても、それらは自然なテンポではなかなかありえない極端な世界だ。

日本人はきっと、ホテルのロビーや芝生を効率よく掃除する機械や方法を真剣に考えてしまうだろうし、それがまたほんとうに勤勉で器用で賢いから、うまくいってしまうのだろう。

　私は日本人のそういうところはほんとうに賢いし豊かだなと確かに思う。お店に行けば用途別に何種類ものアイテムが並んでいて、びっくりするほど細かいけど、安くて優秀で誇らしい。

　でも、その中で失われるものは、きっとあの、きゃっきゃおしゃべりしながらもさぼるわけではない、神様のテンポなのだろうと思う。

　たまに意識してあの感じを取り戻したいなと思う。

　ま、いいかの心。

　そういう気持ちで家にあるお掃除ロボットを見ていたら、意外にもほんとうにあのようなゆるいテンポで動いていた。ちょっとおしゃべりしながらふつうにさくさくやるけど、あまりスピードが出るとちょっとした取りこぼしもあるかもしれないからゆっくりやるね、というテンポだ。さぞ研究して作ったんだろうから、多分これが最高にそうじがはかどるテンポなのだろう。

　……ということは、すごいなあ！　あの子たち、自然の中に暮らしてあたりまえのように身につけてるんだ、と思った。

たくさんの人がいっぱい研究して、やっと導きだしたようなすごいものを。

ついてくる

家族がみんな家にいるときは、犬たちは安心してあちこちでくつろいでいる。

でも、子どもが学校に行き、夫が仕事に出かけ、私だけになると、犬たちはどんなときでもついてくるようになる。

私の掃除はあわただしく、二階にクイックルワイパーのシートを取りに行ったかと思えば、次は一階で雑巾(ぞうきん)を干し、屋上で水やりをするという感じ。自分の動きで手一杯だし次々出てくる雑事に追われて、今までそのことをあまり考えたことがなかった。

いつも後ろにいるなあ、と思っていただけだ。

でも、この間尾てい骨を痛めてゆっくりしか動けなかったとき、私がゆっくりになったのと同じ速さでいつも犬がついてきているのを見て、胸がいっぱいになった。

こんなふうにだれかに愛されたことがあっただろうか？

愛されていることさえも気づかないくらいなのにいつでもついてきてもらったことが？

自分がうんと小さい子どもの頃か？　それとも子どもが小さい頃にいつも後追いされていたときか？

忙しくて仕方ないからかまわないで！　というふるまいをしていた私が、ろくに言葉もかけずに玄関を出ていったとき、目の前でドアが閉まり、あとはえんえん待つ時間になったとき。ずっと追いかけてきていた犬はどんなにしょんぼりしていたことだろう。

そう思ったら、これまでいっしょに暮らしてきた全ての犬に心からあやまりたくなった。

そんな私でも好きでいてくれたことに対して。

そして感謝を捧げたくなった。

愛は最大の武器だ。こんなに時間を経ても私はノックアウトされた。

尾てい骨を痛めたのはかなりきつい体験だったけれど、そのことがわかったことはよかったことだ。八十になってから気づいたとしたら、今私についてくるこの犬たちはもういなくなっているのだから。

あの日

私は助手席に何年間もいたから、もう当然みたいに思っていた。

これからもずっとこの人の運転する車に乗るんだと。

あまりにもその期間が長すぎたので、彼が遠くに引っ越したことがまだ信じられない。

明日になってももう彼は迎えに来ない。

もう彼は私の車を自分の車みたいにいつも洗ったり拭いたりしないんだ。

でもやはり思う。

いつかこの日が来るとわかっていたから、いつも切なかったんだと。

いつまでもいるよとは決して言ってくれないその人のあり方が、切なかったんだと。

うそでもいいからそう言ってくれていたら、きっとこの気持ちにはならなかっただろう。

かといって恨む気持ちも全然わいてこない。

膨大な時間の積み重ねにただ呆然とするだけだ。

みんながこんなふうに呆然とできるのだったら世界は荒野ではなく花畑なんじゃな

いかな、とこの呆然とした感じの中にあるあまりの豊かさにしみじみ思う。

だるい日曜日

二歳くらいの子どもはじっとしていないし、いつも危ないことばかりしているし、同じことを何回でもくり返す。その上親が自分から気をそらすとなんとしてでもつなぎとめようとする。

夫は仕事があるので、日曜日に来てくれるシッターさんが見つかるまではいつも息子とふたりきりで過ごした。

どんなに締め切りでもそんな日曜日はやってくる。

だるいし、気は抜けないいし、けんかばかりしているし、そんな日々が永遠に続きそうな気がした。商店街を歩きながら怒ったり、いらいらしたり、仲直りしてお茶を飲んだり、そんな日曜日がまるちゃんやサザエさんと共に終わっていくとき、晩ごはんを作りながら、私はもうへとへとだった。

時間の融通や人の采配がうまくできないから、トークショーでも授賞式でも打ち合わせでもなんでも子どもを連れていった。今現在子どもがそういう場にいないことは淋しさではなくて、もう思う存分やった、という気持ちだ。ほんとうに大変だったし誤解もされたし嫌われもしたし不義理もたくさんしたが、やっておいてよかった。

この間、十二歳になってもう学校の友だちに会いに起きるとすぐ飛び出していくようになった息子がたまたま家にいて、今は日曜日をおやすみにしている夫もたまたま仕事が入って家にいなかったので、まるであの日と同じ感じでふたり町を歩いた。

特に買い物もないのに無印やユニクロに行き、ぶらぶらして、町を歩く観光客たちを眺め、日本茶喫茶でお茶をしながらお互いにiPadを見たりちょっと話したり、お茶請けのお菓子を交換したりした。そして二歳のときと同じ裏道を歩いて家に向かった。

「あの頃と全く同じ感じの一日だね。もうこんな日曜日が二度と来るとは思わなかった」

と私が言い、

「そう？　こういう雰囲気のときけっこうあるじゃん」

と息子が言った。

私はほんとうに短気だし、忙しがりやで、貧乏性で、おっとりしていなくて、子育てには決して向いていなかった。

それを助けてくれたのは他でもない息子本人だったと思う。

私たちは全く同じように並んで歩いて、それはきっとほんとうは彼が生まれる前からの道であり、私が死んだあとも続く同じ道なのだ。

人が他の人の魂とほんとうに出会うというのは、きっとそういうことだ。

体は優秀

なんだか淋しいような切ないような胸がきゅんとするような、絶望的なような希望があるような、楽になったようなでもそれが苦しいような、変な感じがする日だなあと思いながら過ごしていたら、その日は数年前に父が亡くなった日だった。

体のほうがよっぽど覚えているのだ。

お寺や坊さんよりも、私の左脳よりも手帳よりもずっと正確に覚えている。

体の言葉だけで生きていけたら、意外にちゃんと考えたりメモを取るよりも、全然間違いなさそうだなと思った。もっともっと頼りにしてもいいみたいだ。

あの日、香港(ホンコン)のホテルの部屋で、私は父の魂を力いっぱい自分の元に引き戻そうとした。でも父はもう父の体のある場所にいなかった。試みてみてそのことがわかった。なんで自分にそんなことができたりわかったりしたのか、わからない。お茶をいれるように自然なことだったし、できて当然のことだったことだけ覚えている。

父はもう私の目の前に来ていた。すぐ近くにいるのをあたりまえのようにそして強く感じた。

……ということはもう体にはいないということだった。行ったり来たりしているのでもなさそうだった。父はもう全然体のことなど気にしていなかったし、私が仕事で香港にいることも不義理と思っていない様子だった。

その期間、まるで点滴のように、私は父の体に見えない管をつないで自分とつなげていたのだと思う。

意識のほとんどない父の口の中に「太古の水」(木内鶴彦(つるひこ)先生が考えた体に良い水)やマヌカハニーをたらしたことが、良かったのか悪かったのか。まずかったのか心地よかったのか。死に水を取ったと勘違いされていたとしたらどうしよう。誰に最後に会いに来てほしくて、誰に来てほしくなかったのか。最後の日に私が「お父さんがこんな状態でイギリスに行っていいものか悪いものか」っていう話を病室で友だちにしていたのは、父にとって不謹慎だったのか、全然大丈夫なことだったのか。あれを聞いて急いで逝ってしまったのではないか？

悔やんでも悔やみきれないことはこれまでたくさん経験したつもりでいたけれど、この体験のおかげでますます毎日の毎瞬に真摯にそしてリラックスした状態で存在したくなった。

これまでの人生では、父にそういうことの感想を後で必ず聞くことができた。溺れようが、低血糖で意識不明になろうが、大腸がんだろうが、必ず父は戻ってきた。そして話してくれた。

「ありゃあ、最高にうまかったな」

「あんなことはやめてくれと言いたかったな、まずくってねえ」

「あの人にだけは来てほしくなかったんだけどねえ」

「そんな話をするなんて冗談じゃない」

「いいからイギリスに行ってきな」

そんな感想をもう実際には二度と聞くことができないことだけが、今も違和感のまま残っている。入院してからの悲しい日々、ほんとうのところなにがどうだったのか、とても知りたい。いつか聞くことができるのかな、と自分の人生が終わって会えるかもしれないときのことをぼんやり思う。そして、心のどこかでまだ「いやいや、聞けないなんてありえない。そのうち聞けるんじゃないかな」と思っている自分がいるのに驚く。

父が死んだことをいちばん悲しく思ったのは、なぜか香港の Apple ストアに向かう道の途中だった。

家族でおいしい点心を食べながら、たくさん来たお悔やみメールにこつこつと返事を書いていた。なにかが終わった打ち上げのような変な気持ちだった。

頭がかーっとなっていて、まだなにも感じなかった。

食後に少し歩いて、Apple ストアのあたりに行くと、大きなビルが建ち並ぶ中にりんごのマークが見えて、子どもが寄りたいと言った。

いいよ、と言って夫と子どもと子どもを見てくれるシッターさんを見送って、急にひとりになったとき、あたたかく甘い風が吹いてきた。海の匂いがする、春特有の、アジアにしか吹かないあの気持ちのよい風……そのとき、ああ、お父さんはもういないんだ、ということが急にわかった。この地上にはいないんだな、この美しい場所にはもう。

青空の下、私はこの場所でそれを迎えられたことを感謝した。

自宅なんかだったら、きっと受け止めきれなかったと思う。

風が吹いてきて、空が高くて、甘い匂いがして……異国の光の中だったからこそ、私はそれをしっかりと消化できたのだと思う。

美しい会話

「うまいな、こういううまいコーヒー、久しぶりに飲んだな」

その声は私の家のリビングを染めるように美しく響いた。

私は嬉しかった。

もしかしてカフェをやっている人は、自分のいれたコーヒーをああいうふうに飲んでほしいのではないだろうか。その人の体の中に自分のいれたコーヒーの香りが入っていく速度まで気持ちがいいような、そんな飲み方。今ここで仕事が終わったから熱いコーヒーを飲む。迷いのない速度だった。

そのおじさんは壁のクロスを貼る専門の職人さんで、とてもきれいな色の服を身につけていた。もはやおじいさんと言えるような年齢だったが、赤い眼鏡、オレンジのシャツ、オレンジの五本指の靴下だった。きれいな色を好んで着る人は若々しいし気持ちも明るい、そんな気がした。

昔、家の廊下にじゅうたんを貼り直したときも、同じようなすばらしいおじいさんが来たことがあった。ものすごく仕事が速く、カッターひとつと物差しだけで魔法のようにサイズが合っていくのを眺めていた。

そのおじいさんも仕事が終わったとき、やはり満足そうにお茶を飲んでいた。

昨今は人を家にあげたことによる恐ろしい事件も多く、職人さんに一刻も早く帰ってほしい奥さまたちもいるだろう。私もそう思うときもある。

しかし、職人さんと家を建てた現場の人と、三人でコーヒーを飲んでいたら、家は確実に喜んでいた。そんな雰囲気が漂っていた。

いっときは毎日ここに通っていた人に久しぶりに会えた、元気でやってる？　やってるよ。そういう言葉にならない言葉を、私の家とその人たちは語り合っていた。

残ったもの

あっこおばちゃんがこの世からいなくなってから、私の人生から、私をいつも気遣ってくれる人がまたひとり消えてから、少し時間がたった。

はじめは悲しみの嵐があり、最後にもう一度会いに行けなかった悔しさがあり、会ったときに無理をさせて悪かったという気持ちがあった。

歩けなくなった姿や、手にできた骨折のこぶや、薄くなった髪の毛の悲しさを思い浮かべることもあった。

でも、いろいろなことが削ぎ落とされてから、たったひとつ残ったもの。

それは勇気の光だった。

もう最後だ、よし、笑顔で別れよう、絶対にこの貴重な会っている時間を、元気だったあっこおばちゃんの姿だけで終わらせてやる。なにがなんでも元気と愛情だけを示してみせる。その強い力で私と姉を抱きしめていることだけが残っていた。

最後にぎゅっと抱きしめたとき、細く小さい体から驚くほどの力が伝わってきた。

自分の全部をあげるとその体は言っていた。

ひとりの人が人生をかけて入れた最後の気合いに、私は軽々しく語る言葉を持たない。

その勇気のすさまじさに応(こた)える人生を送る自信もない。

でも、あの姿を見たことが私の中にまるでダイヤモンドのように硬く強い感触として残っている。どんなヒーローよりも強い、そのボロボロになった姿の大きな力が。

神の声

一回だけ、リアルに神様の声を聞いたことがある。

それはイギリスにある神聖な丘の上だった。そこにはなにがしかの聖遺物が埋まっているということだったが、そういったこともあまり真剣に調べないままぼんやりと登っていた。

私はそのとき、吹きすさぶ向かい風の中で、細い階段を降りていた。丘から転げ落ちそうになりながら、私はつい最近に死んだ父のことを考えていた。

あんなに人にばかりつくし、自分の好きなことを最低限しかできなくて、いろいろな人の心の支えになって、体を壊し、最後のほうはいちばん大好きな散歩や買い食いやTVを観ることや読書もできなくなって、いちばん嫌いな病院で管につながれて痛がりながら死んでいった父。

　あれほどに人を助けてきた人だから、きっと安らかな、望むような死に方で死ぬだろうと私は幼い頃から信じていた。

　ものすごく理不尽に見えることには、答えはなくても、よくよく見れば何かしらの流れがある、私は大人になってからそう思うようになった。なにかしらの種があり、因果関係がある。ただ、それが人間の小さい目、短い人生のつじつまの中ではスケール感が違いすぎてあまりはっきりわからないだけなのではないかと。

　しかし最後の痛ましい姿の父を思うと、自分の中から湧き出てくる、自分を含めたいろいろな状況への憎しみが湧いてくるのを止めることができなかった。

「なんであんな死に方をしなくちゃいけなかったんだろう？」

　私は思っていた。

　まだ父の姿は私のまぶたの裏にリアルに残っていた。

「それは、お父さまがご自分を大切になさらなかったからです」

　だれかが言った。ほんとうに、はっきりと言った。男の人か女の人かわからない声だった。

私は思わずまわりを見わたしたが、フードをかぶって雨と風の中必死で丘を降りる仲間たちや先を行く私の子どもが見えるだけだった。

その人がしていることがもしも厳密にその人の人生を創っているとしたら、確かにそうかもしれなかった。

父は常に自分を後回しにし、不快な状況にはストイックによく耐え、常になにかと闘っていた。闘いを望んでいた。愛と安らぎよりはむき出しの真実を好んだ。

ただ、それがそのまま返ってきて最後に訪れただけなのだとしたら、私が受け止めるよりは簡単に、父にはあの状況を受け止められたのかもしれない。もしかしたら理解してさえいたのかもしれない。

今となっては父の苦しそうな姿よりも優しい笑顔のほうがリアルに思えるだけの時間が経ったった。そしてあのとき、いっしょに丘を降りていた旅の仲間たちへの愛や、吹きすさぶ風雨の中、悲しみに引き裂かれながら問いかけた私に答えてくれたなにものかへの感謝だけが残り、私はそれを父の面影といっしょに大切に抱いている。

いつのまにか

土曜日はいつもにぎやかだった。

お手伝いさんがガーガー掃除機をかけ、子どもにはシッターさんが来て、私は外でする仕事に出かけるか、あるいは寝だめするか。

寝だめしたくても全員がうるさくて寝られない、そういう状況になることもあった。

そんなときは「ああなんでもいいからひとりになりたい、でも、そんなことは言っていられない。うちやうちの子どもをこんなにもしっかりケアしてくれるなんて、なんていい人たちだろう。ふつうは休日であるこの日に、お金だけではとてもやっていられないようなたいへんな時間をここで過ごしてくれるなんて、なんとありがたいんだろう」と思うと、そういう気持ちも吹き飛んだ。

そしていつも思った。まるで遠くの山を眺めるような気持ちで。

「いつか、子どもが大きくなり、こんなうるさい日々がうんと懐かしくなるだろう」

未来の自分からメッセージが来るときは、いつもそんな感じだ。

実際にひとりぼっちの土曜日が来てしまったときはびっくりした。

シッターさんは必要なくなり、子どもはひとりで出かけてしまい、お手伝いさんはおやすみ。私は思う存分静かな部屋の中で執筆できる……決して淋しくはないし、快適でないわけでもない。ただ、静かだなと思った。沈み込んでいきそうな静けさだった。

今はまだ執行猶予だ。子どもはまだ家に住んでいる。まだまだいっしょに暮らせるし、言葉も交わせる。夫も元気で家の中を動き回っている。でも、いつかほんとうにひとりになるときが来る。自分が先に去っても、彼が先でも、そのときにこの家にあの子はもういないだろうし、死ぬときはだれだってひとりきりだ。

未来の自分はまだ全然見えない。

未来の自分はまた、ある瞬間に「その幸せに気づきなよ」と伝えてくれるだろうか？

ほんとうの静けさの中に身を置いたとき、そのときの私が両手にいっぱいの果実を抱えていられるかどうかは、心の中が淋しさだけではなくなにかしら豊かな渦を抱いているかどうかは、今この一瞬をちゃんと生きているかどうかにかかっている。

目の前のことを積み重ねて、夢中で今を過ごして、客観的に考えるひまなんてなくって、そういうものを重ねた場合だけ、見えない光がどんどん貯蓄されていく。

現実のお金もきっと同じ仕組みなんだろうな、と気づいた。

簡単なことだった。複雑にしたいような、今から目を背けて逃げ出したいような心もちの人がたくさん存在するだけだと思う。

テント暮らし

階段が急すぎて歳をとったらむりだし、あまりにも小さな家だったから、ずっと住むのはむりだとわかっていて、仮住まいの切なさがあったからこそ、あんなに楽しかったのだろうか？

となりの家の窓との隙間がほとんどなくて、となりの窓明かりがダイレクトに自分の家の明るさを左右する、そのくらい近かった。通りに面していて門もなく塀もなく、まるで外にいるみたいで、毎日がキャンプのようだった。

ベランダに出たら、となりの家のベランダに出ているおばあちゃんと日々出会っては普通に会話をした。

ひとしきり世間話をして、それじゃあ、と部屋に帰っていく。

向かいの家も近すぎてごみ箱（ごみではない、大きなごみ箱）が風でよく飛んできた。だからありがとうとごめんなさいという言葉をくり返し交わした。

どの家にも犬がいて、一匹が鳴くと全員が大合唱になり、近所迷惑もなにもなかった。

玄関を出るとすぐそばには小さな商店の明かりがあり、おばあちゃんとお兄さんが見張っているから夜も安心だった。

あまりにもとなりの家が接近しすぎているから朝日が当たらず、真っ暗な中で目覚めるのだけがつらいことだっただろうか。

あの家は優しかった。どうしてかわからない、これが感傷ではないことだけはわかる。あの家のリビングに流れる風は特別だった。ただにこにことオープンに好意的に私たちを守ってくれた。

あのキャンプの空間と同じくらい幸せな空間を、新しい家で作る、それが次のチャレンジなのだけれど、私はまだあの家の夢をうっとり見ている。

あんなに優しくしてもらったことに、ちゃんとありがとうを言えただろうかと、ただそれだけを思っている。

財団とか国連とかエスクァイアとかロスチャイルドとか、そういうとても魅力的な、きっと他の仕事をしていたら一生誘われないような、関わることもないだろう団体からの珍しいことへの誘いは、たいていの場合小説を書くことと最も遠い内容の仕事としてやってくる。これがまた、引っかけ問題のように、期間も一ヶ月だとか一年だとか、人生のある時期を捧げるようになっている。

権力や体制に反発しているわけではないし、いきがっているのでもない。

珍しい体験をしたくないわけでもないし、世界のトップクラスの人々との時間を味わってみたくないわけでもない。さらには負け惜しみでもない。

でも、なんでだか父を思い出すのだ。買い物かごを持って商店街を歩いていた父。海外に一度も行かないで自分の頭の中の闇(やみ)に深く潜って勉強し続けた父。

父のようになりたいわけでもない。私はとっても派手好きだからそういう派手で知名度のあがるようなことも好き。

でも、なんだか素直にそっちに行けない。

私はただ暮らしたいのだ。洗濯をして、そうじをして、犬や猫の世話をして、子どもと手をつないで歩きたいだけだ。そしてそのくたびれた手で小説を書きたい。

なんていうことのない日々のありがたみや、それをいつか離れるときの切なさや、そういうことを。

その生活を離れるのは最高二週間くらいでいい、でないと生活の感覚が鈍ってしまう。うまく言えないけど、取り戻すのには倍の時間がかかる。自分を待っているものがいるなら特に。犬の一ヶ月は人間の三ヶ月。どんな経験もそれを補ってはくれない。

その誘惑はなにに似てるだろう？

上がりそうな株を買ってみるとき、疲れていてついハンティングのようにショッピングをしてしまうとき、あまり気が乗らないのに義理で宴会に行くとき……？

これもうまく言えない。買ってみたら大当たり、行ってみたら楽しくて一生忘れられないっていうことだって実際あったから。

なんだろう……自分の奥底にあるスケベ心みたいなもの。貪り。自分だけ先に行ってしまってあとからあやまればいい、みたいな感覚？

それがちらっとでも見えたら、私は私を好きでなくなる。

そうすると小説が濁る。

うそじゃない、ほんとうに濁るのだ。

昔えらく本が売れたときさえ濁らなかったのに。

大好きだったある作家が私についてこう書いていたことがある。

「この著者がまだ売れる前、高慢でなかった頃の……」

びっくりした。でも、私はあの頃、決して高慢ではなかった。まわりが勝手にそう思っていただけで、私はいつも必死に書いていただけだった。誘惑なんて見えないくらいにただ書いていた。出かける時間もなかったから、仕事仲間と遊んだし、買い物に行く暇もなかったから、行けるときは散財した。でも傲慢（ごうまん）さからではなかった。なまけてもいなかった。だからなにも恥じることなく「違うよ」と思った。

でも、今の年齢になって襲ってくるそういう誘惑はたまに少しこわい。

「国連ってどんな人が働いてるんだろう？　それを見にいくのもいいかも」

その気持ちが私の作品にとっては命取りって、なんでだかよくわかっているからだ。他の人には宝になる経験が自分にとっては単なる時間とエネルギーのロスであることがある。

私は職人、桶（おけ）を作る。

いつも同じような桶でも、ふと、あるときいいやつができることがある。

だれも違いをわかってくれないけれど、自分にはわかる。

「今日はいい桶できたなあ。家族に見せても『いつもと同じじゃない？』と言われるだけだろうけど、これ、見る人が見たらすぐわかってくれるんだろうなあ。楽しみだなあ。人生であと何回、こういうのが作れるだろうかなあ」と思いながら見上げる空、いい気持ちでビールを一杯。ほどよく家族や友だちとたわいない会話もした。足元には犬や猫のぬくもり。ベッドに入ると、聞こえるのはみんなの寝息。目を閉じたら、快い疲れ。星空の下で寝ているような開放感がある。

私がしたいことは、そういうことだけ。

その家のルール

友だちの家に遊びに行った。友だちには三人の子どもがいる。中一の無口な長男、小五の自由な長女、五歳の末っ子。その家の人たちはほとんど全員が無口で、いつも静かにしている。末っ子だけがものすごく陽気にはじけていて、家の中に響く声はほぼ全部が末っ子の声。

末っ子が興奮して私といっしょに遊びに行ったおじさんを叩(たた)きはじめて、友だちがごはんを作りながら「こら！」と一声言ったら、長男と長女がさっと立ち上がって、なにも言わずに末っ子をふたりで抱き上げて、となりの部屋の壁に向かわせて、背中を二重に抱いた形でじっとしていた。

しばらくしたら確かに末っ子の興奮は収まり、違う遊びを始めた。

おかしかったのは、ふたりが「今、サラダを食べているのにな……ああ、めんどうくさい、でもやらなくちゃ」という感じの義務感を表情いっぱいにたたえてよいしょ、と同時に立ち上がったことと、そのまま無言で末っ子を抱いて壁に向かっていたこと。そしてそれについて友だちからも子どもたちからもなにもコメントがなくって、なにごともなかったかのように全てが収まり、私たちはただじっとそれを見ていたこと。

夜になって私が「あの光景を思い出すとおかしくてしかたない」と言ったら、うちの息子が、

「あれってきっとあの家のふだんのルールなんだろうね。静かな家の人って面白いね」と言っていた。全くその通りだ。

SECOMの人

SECOMの人って電話で軽く「メールを送っておきます」なんて言っても、すぐにうなずかない。個人情報ですのでBCCで返信します、なんていうワンクッションがある。

また「新しく家に出入りしているバイトの人です」などと説明したら、決して失礼のないように「お名前と生年月日をご登録いただけますか？」というデータ収集を忘れない。

常に安全に関してあらゆる角度で考えるように訓練されているところが、なんというか、かっこいいのである。

一度、大きな窓の外の高いところに、SECOMの人に頼んでシールを貼ってもらったことがある。うちの窓は外側からだとロックされていて開かないようになっている。引っ越しの最中だったので、みんなそれぞれ忙しくてその人をしばらく放置してしまい、閉め出したことに気づいた。彼は窓の外で落ち着いた態度で何回かコンコンと窓をノックして、まだ開かないとなったら開くかどうかを悲しそうに調べているところだった。

そういうところも、ちょっと萌(も)えるのだった。

君が僕を知ってる

洒落(しゃれ)っ気の全くなかった十八の私は、普段着のデニムとTシャツ、ノーメイクでRCサクセションのライブに出かけた。

その頃のRCファンは清志郎をまねた色とりどりの手作りの衣装とものすごい化粧をしているのがスタンダードだった。

トイレに並んでいたら、後ろの色とりどりたちが聞こえるように言った。

「こんな地味な奴(やつ)が来るようになっちゃ、RCもおしまいだよ」

そんなこと言ういやな奴にあんなかっこいい歌がわかるのか？　全くRCから学んでないじゃないか。おしまいなのはあんたたちだよね、と思いながらも、からまれるとこわいから黙ってトイレを出た。

今のおばさんになったこわいもの知らずの私なら、そのまま言ってしまうかも！

南国の鳥みたいな人たちが会場を埋めている中で、若き日の清志郎の力強い、怒りばかりのこもった歌声を聴いていて、私はふっと思った。

いや、やっぱり違う。これからこの人はもっとたくさんの怒りを経て、大きく変わっていくんだ。そしてほんの少し未来にはきっと、私みたいな地味な服を着て、それでも自由を求めるたくさんの人たちがこうやって同じように会場を埋めるようになる……それはもう確信に近い感じだった。実際に目に見えるようだった。

そういう仲間はほんとうに、派手な姿をしていなくたって、どんなにひそかでも見えないところに情熱を抱いているって「街ですれちがっただけでわかるようになる」んだ。

実際そうなってみたら、清志郎は地上からいなくなっていた。

でも今でも私たちのそばにいて、いろんなアドバイスをくれたり、気づきをくれたり、元気をくれたりする。

ただ感謝をする以外、なんにもできない。

エリジウム

映画「エリジウム」はもう現実そのものだ。同じ監督の「第9地区」が現実であったように。

それに気づいた人はいろいろなセミナーに出たりして情報を得ようとしているけれど、そんな行動をしている段階ですでに手遅れだと思う。

私は個人の幸福は個人にゆだねられるべきと思っているし、なんらかの形で同胞は助け合うべきと感じていて、さらに人間にとっていちばん大切なものは心の自由だと思っている。この世にある精妙な流れをつかみ、自己鍛錬によって、想像力や創造力の極みを見たいと感じている。

この考え方のグループの問題点は目障りでつぶされやすい点と、なにかを求めて来た人々に個人で対応しているのでよほど勘が良くないと疲れ果ててしまうということだ。ただ、この生き方死に方は神と言われる大きなものの目で見れば、ものすごく充実していて幸せなものなのだろうと思う。

なぜならたとえエリジウム的な場所にいようとも、やはり人間の内面は自己鍛錬によってしか幸福を感じられないようにできているからだ。

だとすると、あのロボットの「チャッピー」も現実にもうすぐ出現するのだろうなあ！

エロ決戦

高校の時の先輩に、高校生なのにひとり暮らしをしている人がいた。何年か留年していたから、もう二十歳近かったのではないだろうか。

その人は幽霊が出そうなぼろアパートに住んでいて、とにかくいつも女の子を連れ込んでいた。あらゆる宴会が行われて雑魚寝(ざこね)もしていたので、寝ている横でそういうことがはじまったりするのもしょっちゅうだったし、ひとりだけ帰らないで残る女の子がいたりすることもひんぱんだった。

私にはがっちりと恋人がいたのとセクシーでなかったので全く彼のセンサーには引っかからなかったけれど、すごいなあ……と私はいつも感心していた。

彼は特別イケメンだったわけではないがきれいな顔をしていて色気があったし、古き良きフォークソングみたいな情緒や男気があったので、彼がモテる理由はよくわかった。

部屋は汚いし、洗濯もあまりしなかった彼だが、心の中になんとなく清潔な感じがあったし、女性をふることはあっても残酷なことはできないタイプだった。とにかくやれる子がいたとて集団レイプなどもなく、のぞきもなく、たまにお金のないカップルが部屋を借りるくらいで、彼の男の友だちもみんな紳士的で優しかった。

あるとき、とんでもない後輩が入ってきた。がっちり筋肉で目はぱっちりしていて、とにかくスポーツみたいに次々にセックスがしたい、だからやらせてくれるならだれでもどんどん来てくださいよ！　という後輩だった。

私の知人も何人か彼にトライしたが、あまりの即物的な感じにみな感動さえ覚えて帰ってきた。

あるとき、私がぼんやりと先輩の部屋で彼氏とくつろいでいたら、そのすごい後輩が突然に立ち寄り、早口で先輩に言った。

「ねえ、○○さん。女の子が二千円持ってて、俺が四千円持ってて、すごく安いホテルならなんとか一泊できるじゃないですか？　何回やります？　僕が夜二回で、朝は朝立ちを利用して一回、ぎりぎりになんとか一回できたら、元は取れますかね？」

私は目を丸くして聞いていたが、先輩がその薄汚れた部屋の汚いこたつの中でついに、

「おまえなあ、あきれたよ。なんて下品なんだ。そんな話はいいかげんにしろ」と言ったので、吹いてしまった。

ある意味どっちもどっちのふたりなのだが、その線の引き方がとにかくおかしかったのだ。つき合う女の数がどちらの男も同じくらい多くてもロマンを優先するのか、あるいは情などないほうがやりたい盛りの人々にはふさわしかったのか……。

いまだによくわからないが、あのときの会話を思い出すとちょっと笑って元気になる。

一度だけ、私が電車の中で爆睡していたら、先輩も寝てしまいぐっともたれてきたことがある。むむ、この接触でその気になる女子がいるのだろうか……と思いながら寝ていたら、彼が「細すぎて（私だって当時は細かったのです！）なんだか怖くて寄っかかれないよ」とつぶやいた。

私はちょっとだけそのロマンにしびれてきゅんとなった。もちろんなにごともなく電車を降りたけれど、彼の洗ってないパーカーの匂いを覚えている。いやな匂いとしてではない、セクシーな匂いとしてだ。

鳥の意味

理由があって、死にかけた小鳥を一日だけ保護した。

その鳥が死ぬ前の日の朝、部屋中に高らかな鳴き声が響いていた。

最後の力で鳥は朝日と共に鳴きはじめたのだった。

外ではなんていうことない鳴き声なのに、そのとき、部屋では受け止めきれないような音量のその美しい声で部屋の空気がどんどん清浄になっていったので、驚いた。

そう実感したとしか言いようがない。目に見えて部屋が朝に向かって勢いを増しきれいになっていったのだ。

鳥は元気になって、私を見ると口をあけて餌を求めるようになった。声をかけると返事をするようになった。翌日には獣医さんか保護センターに連れていこうと思っていた。

翌朝、光が射してもあの清らかな声は聴こえなかった。怖くて怖くて私はケージの中をのぞけなかった。よどんだ静かな空気が告げていたのだ、あの鳥はもういないって。

あの小さなくちばし、私の指をつかんでいた細い足、つぶらな瞳、温かい体。

みんな消えてなくなってしまった。

埋めるときに夫が言った。「死んでいてもかわいい」と。まだ羽根もそろわないうちに、私たちに精一杯生きる力を見せて、たくさん食べて、歌って、死んでいった。

鳥は世界に朝と夕方を告げるためにこの世にいるのかと思っていた。そのために神様が創ったものなのだと。

でももっと違う意味があると気づいた。

鳥は世界をその声で清めるために存在しているのだ。

鳥たちが毎日絶え間なく清めているから、世界は美しいのだと。

だから鳥が鳴いてくれているときは、ありがとうと思うようになった。

美しい夢

昨日、いい夢を見たんだよ、と息子が言った。

ある新婚夫婦がマンガの中の人みたいに線でできた人たちなんだけど、すごく幸せに暮らしラブラブで、やがて歳をとっておじさんとおばさんになって、扉を開けてみると新婚だったときのふたりを見ることができるんだけれど、その扉はこっちから向こうにしかあかないんだ、だから、若いときに歳とったほうを見ることはできない扉なの。で、のぞいてみてふたりともにこにこしてるっていう、そういう夢……。

そのふたりはうちの息子となんの関係もない知らない人だという。

寝ているときの彼はなんていい夢を見ているんだろう、とうっとりした。

あるとき、亡き父の部屋にうちの息子が泊まったことがある。まだ小さいときだ。迎えに行ったら父がしみじみと、

「あの子はいい子だ」と言った。

またまたじじバカなんだから、と私が言うと、父は言った。

「いっしょに寝たらわかったんだ。あの子が寝てると部屋の中の空気がなんとも言えずきれいになる」

きっと、その夜の彼はそういういい夢を見ていたのだろう。

税理士さんあるある

ひとりめの税理士さんは優秀な人だった。不動産契約の抜けなどをさっと見つけてくれた。しかし私にうその条件で借金を申し込んで、三分の一しか返さずにとんずらした。若いときの私なんてどんなにだましやすかっただろうと思うと、ぷっと吹き出したい思いだ。

ふたりめの税理士さんはその人の息子さんだったので、コメントを控える。でも、お父さんが借金を抱えてとんずらしたら「お前が返せよ」とまでは思わないが、せめてお父さんに「返したほうがいいよ」くらいは言ってもらいたいものだなと思った。

さんにんめの税理士さんはとてもいい人でなんの文句もなかったが、高すぎて払えなくなって、あきらめた。彼が立ち食いそばを好きだということを考えると今でも笑顔になる。

よにんめの税理士さんは、私がやむなく小さすぎて動かせない子犬を連れて出勤したときに、その子犬をほとんど全く無視したので、ああ、この人に様々な職種の人がそれぞれにだいじにしているものを理解することはたぶんできないだろうな、と思ったら、その通りだった。あんなに何回も「企業コンプライアンス」という言葉を聞いたことはこれまでの人生ではないし、これからもないだろう。

　ごにんめの税理士さんは、この世で見た税理士さんの中でいちばんすごい人だった。

　まず、私に会社を持つということの意味を教えた。そして経費とはなにかということを教えた。それがまた、直接的に言うのではなく、あとからじわじわわかるようにぽつりとキーワードを言って教育してくれるのである。すぐ楽をしようとする私に「あのね、結局は地道にこつこつやるしかないんですよ」と優しく諭してくれたり、「お子さんの分は一切経費で落とせません」と言えばいいところを「○○くんの分は、経費では一切落ちませんので、出張同行の際は領収書を分けてください」と会ったこともない息子の名前をフルネームで言ってくれた。

　ローンの返済に関しても、たったひとこと「決してむりなく、余剰の資金があれば返すということですね。むりはしないということがいちばん肝心です」と言っただけなのに、その言い方とふんいきで、私はその後、真剣に「人生とローンと返済期間」について納得いく答えを出すことができた。

　簡単なことだった。お金の管理をしようとしなければ、手をかけなければ、お金は波のように入ってきては同じだけ出ていくから、生活レベルにも波があるようになるというだけなのである。ちゃんとメンテナンスして把握すれば、少し手元に残る。つまり使っているエネルギーの量は一切変わらない。どっちを選ぶかは本人の自由なのだ。

だれかが早くこれを言ってくれたらよかったのに、と思わないこともないけれど、むしろ気づいたらどうなっていくかのほうが興味深い。失敗は成功の母だし、お金について学ぶために、人生の経験のために投資したと思えば、すっかり元は取れている。

白河夜船

写真家であり映画監督でもある若木くんはものすごいイケメンだが、若木くん本体と一ミリもずれていないイケメンさなので、とても自然に見える。

自然に見えるようにがんばっている不自然なイケメンを百万人くらい見たけれど、そのだれとも違う。若木くんは若木くんでいるだけで、なにも細工をほどこしていない。

若木くんは自分が専門と思ったことで本を出したくなったら、自分のところで出してしまうか、ちょうどよい人数の人に手伝ってもらってなんとか出版してしまう。

信じられないくらいすてきな場所と内装の事務所を持っているが、そこもさらっと見つけてしまったらしい。

美しいアシスタントさんたちや男友だちが行き交う夢のような空間だが、それを自慢するでもない。故郷にすてきな書店を作り、そこは自然に仕事を生みだしたりいろいろな人の心のよりどころになっているけれど、それにも力みはない。

たまに道で会うと、たいていほとんど黙ってにこにこしている。きっと頭の中には彼の写真や映像に似たすばらしい世界が展開しているのだろう。

彼はひとりの人間として普通にしゃべったり、考えたり、間違ったり、教えたり、行動したり。でもだれにも負担をかけない。

いつも周りの人に自然に仕事をあげたり、もらったりしている。これ以上欲しいとも言わないし、かといって怒らないようにしているとかでもない。

彼のテンポは彼にとってものごとがいちばん自然に進みやすい彼の中の自然にぴったりくるテンポで、そのことがいつのまにかたくさんのものごとを動かしていく。

若木くんが私の原作で映画を撮るとなったときに創ったシナリオ用のイメージノートを見せてもらったけれど、そこにある美しい世界はいつも若木くんの頭の中にごく普通にあることだとわかった。映画を撮るために学校に勉強に行ったり、だれかの弟子になって下積みを経験したり、技法を研究したり、そういうものではなく、若木くんは若木くんになるために若木くんを磨いてきた。それもまた映画を撮るための様々な道のひとつなのだ。

若き日の私が原作を書いたその映画はすばらしく、私の疑問は一気に払拭（ふっしょく）された。

私の疑問とは、

「どんな優れた監督にどう話しても、どう読んでもらっても、私の言いたいことは一個も伝わらない。もしかして私は頭がおかしいのではないだろうか？　私の書いていることがわかっているのはもしかして私だけではないのだろうか？　よほど表現力に問題があるのだろうか？　だとしたらなんのために書いているのだろう？」

というものだったけれど、彼の撮った映画を観て、私は書いてきてよかったと思ったし、ちゃんと伝わることもあるから、これまでも私が間違っていたわけではなかったんだ、と思った。

別に他の監督が間違っていたわけではない。私が合っているというものでもない。

でも、私は悪くなかったんだ、そう思った。許されたような気がした。

彼が彼でいる、若木くんが若木くんを毎日深めていく、それだけのことで、たくさんの人が自分の良さにも気づく。彼がしたいことをしたいスピードで行おうと決めて行うだけで、彼の周りに他の人の仕事が生まれ、その仕事を自然に良いものにしようと思い、世界をじわじわ変えていく。

人がその人でいるだけで起きることの可能性の大きさに、身がすくむ思いだ。みんながその人そのものになったら、ああなりたいこうなりたいと細工しないで己をつきつめたら、世界はどんなところになるのだろう。戦争さえもなくなるかもしれない。

彼の生き方は未来そのもの、そして先住民たちはみなこういう智慧(ちえ)の中で暮らしていたのだろう、というようなものだと思う。

ちなみに彼から聞いたいちばん胸キュンなイケメンコメントは、

「僕は、たいていのことはがまんできるんだけれど、眠いのだけはだめなんです」

であります。

ほんとうにそういう生き方なんだなあと思う。きつい現場で彼まできつそうにしているのを見たことがない。全員が人の悪口を言って人相を悪くしていても、彼はのんびり聞いている。お腹(なか)がへってみんながいらいらしていても、キリキリすることはない。

だからあんな映画が撮れるんだ。映画の神様が彼に何か良きものを返してくれたんだ。そう思う。

気がついたら

町でいつも会うだいじなふたりが、ほぼ同時に近所から去っていった。

私はいつのまにか同じ町の中で引っ越していて、でも以前と同じような暮らしをしている。

ショックは後からじわじわとやってきた。

なにかが足りない、そして守られている感じがまたひとつなくなった。

そんな気がする。

またひとつ大人にならなくてはいけない。これを何回もくりかえしたあと、人は子どもに戻っていくのか。だったらなぜ大人にならなくてはいけないのだろう？

そんなことを考えた。

でも、そんな全(すべ)てを打ち消してしまうのが、晩年のわずらいをなくした両親の笑顔だった。だんだん薄くなって、だんだん白い光が強くなって、そしてほんとうに消えてしまった。

その過程の全てにきっと、花が咲き散って実を残すような、この世の美しい摂理が働いているに違いない。

ソウルの朝

昔はよかったおばさんや旅先で貧しい子どもが生き生きと走っているとすぐ日本を批判する大人になりつつあるのかもしれないと思いながらも、それでも、いつもいつも思ってしまう。

韓国の貧富の差は深刻で、道で井戸水を汲(く)んでなんとか生活していたり、玄関の外はすぐ道の三畳間に家族全員暮らしていたり、どうやってもその暮らしから這(は)い上がれなかったりする人たちがまだまだいる。

高級ホテルに行くとロビーにはほとんど娼婦(しょうふ)みたいな服を着た厚化粧の上を目指す

女たちや、あるいは一回クリーニングに出したらもう引き取ってもらうような繊細な服を着て、一回も晩御飯にチキンとビールという生活をしないであろう帰国子女たちがあふれている。

そんな問題が山積みなのはわかっている。

そういう中から這い上がってきて自分の可能性を極限まで発揮したから、韓国の芸能人は他のアジアの国々の芸能人がたちうちできないほどすごいんだということもわかっている。

それでも、ソウルで朝起きると、ホテルの分厚い窓ごしに街の音が聞こえてくる。一日が始まる、という活気の渦が街の中からぐわ〜っと湧いてきて、向こうには山が見えて、川があって、その大きなエネルギーが老いも若きも、富める者にも貧しい者にも、平等に降り注いでいるのが、見えるのだ。

日本にも昔はあったはず。まるで森が目覚めるように、海が朝の光を受けて輝くように、人の力によって街が目覚める音が。

今は、それがない。都会のホテルの朝は、窓をあけてもこわいくらいしんとしている。

うつ病の人の朝のように、静まり返っている。

人が街に力をあげられず、街が人に力を返せない。

なんて悲しいことだろう。

版画家の名嘉睦稔さんが言っていた。東京に泊まったとき、ビルは木で、人にとって街は森なんだと思ったと。

だとしたら今、東京の森はほんとうに元気がないんだなあと思う。

朝の光と街の目覚めのエネルギーに腹のそこから湧いてくる力をもらえるから、人は寝不足でもなんでもしたいことのために飛び出していけるのだ。

その根本がなくて「元気を出そう」と言ってもむりだから、人が悪いのではない。

いつか私のふるさと東京があんなふうに、朝、力を発するようになるといいと思う。

森の木が朝日を受けて力一杯その力を発散するように、生き返るといいなと思う。

ルンバ

お手伝いさんが週にふつかだけやってくる。

ものすごく優秀な人たちなので、いろいろなことに気づいてくれたり（この木が枯れかけてますよ、空気清浄機のフィルター汚れてましたよ、本で床が少し沈んでますよ）、家族それぞれの洗濯物を見分けたり、プロはすごいと思う。

その人たちがいないときは、お掃除ロボットの力を借りている。

たまに時間があるときはほうきで床を撫でるように優しく掃いたりしているのだが、たいていは拭き掃除ロボが稼働している。

注意深く見ていると、お手伝いさんたちはなんとなくお掃除ロボットに対して冷たい。どけるときにそっけなかったり、やたら電源を抜いたり、異様にはじっこに寄せたり。

「留守のあいだ、思ったより汚れてませんでしたよ。これががんばってくれたんじゃないですか？」

なんてちょっとツンとして「これ」呼ばわりをする。

むりもないと思いながらも、申し訳ないがちょっと笑顔になってしまう。

そして「ロボット法」までは遠いなあ、とはるか未来を思うのである。

ほととぎす

死ぬ一年くらい前から、父はくりかえし言うようになった。

「ほととぎすって、どんなふうに鳴くんだっけねえ」

どうしちゃったんだろう？　と思いながら、私や姉や親しい編集さんたちはほととぎすの鳴き声を探して聞かせたり、ネットで調べて説明したりした。

それでも父は言い続けた。

「ほととぎすってどんな鳴き声だったかねえ」

それから、最後に父に会ったときもそうだったけれど、同じ頃に父はくりかえし、歌うようになった。

「いちばんはじめは一の宮♪」

この歌のこのあとの地名は、どことどこだったかねえ？

それも父の口癖のようだった。

私はいつも歌詞を調べたけれど、父が知りたがっていたのは日本じゅうに散らばる十個の神社仏閣の名前だと思い込んでいたから、それだけ知らせていた。父も、

「そうか、金比羅さんだったか」

など返事をするので、それでよかったんだと思っていた。

あるとき、さらに深く歌詞を調べていてふっと気づいた。

この歌の最後には徳冨蘆花（ろか）の悲しい小説をモチーフにした急な展開があったのである。

一番はじめは一の宮
二は日光東照宮
三は讃岐（さぬき）の金比羅さん
四は信濃（しなの）の善光寺
五つ出雲（いずも）の大社（おおやしろ）
六つ村々鎮守様
七つ成田の不動様
八つ八幡（やわた）の八幡宮（はちまんぐう）
九つ高野の弘法（こうぼう）さん
十は東京招魂社
これだけ心願かけたなら

浪子の病も治るだろう
ごうごうごうと鳴る汽車は
武男と浪子の別列車
二度と逢えない汽車の窓
鳴いて血を吐くほととぎす

もしかしたら父は深いところで、自分がもうすぐこの世からいなくなることを悟っていて、この歌とほととぎすの鳴き声の話をくりかえし言うことで、私たちにお別れを告げようとしていたのではないだろうか？　ぼけた頭の中で、必死にそしてさりげなくそのつながりを伝えようとしていたのではないだろうか？

そう思うと、人間はぼけることとなんて実はないんだ、受け取る方にキャパシティがないだけで、もっと大きな宇宙みたいな目で見たら、きっと全て筋が通った発言や行動なんだ、と坂口恭平さんの『徘徊タクシー』と全く同じように感じる。きっと日常にかまけているこちらの器が小さいからわからないのだ。それは統合失調症の人にも感じる感覚だ。彼らが無意識の闇と直接つながっていて、翻訳ツールのほうは壊れてしまっている。その果てしない大きさに対応できないだけなのだと思う。

ぼけてしまうと脳の世界はもっと広く、もっと深くなって、その恐ろしいほどの情報の渦から拾い出してくる言葉があまりにも大きすぎるから、自分はまともだと思っている人のほうが受け止めきれないのではないだろうか？

ただこちらが小さいだけ。私たちもきっといつかわかるようになる。

「多分自分はもうすぐ死ぬだろう。だから覚悟しておいてくれ」

なんて言われるよりも、あの歌や疑問の謎かけのほうが、ずっと大きな宇宙の中で死をしんしんと予感している父と、それを悲しむ自分がしっかり出会ったように思う。

夜中の猫

仕事をしていて寝るのが遅くなり、家族が寝静まった真っ暗な寝室のベッドにすべりこむ。猫がやってきて、私の腕に乗り、ごろごろいいながら私の手にその小さな手を重ねてくる。

そしてそのままのかっこうでひとつの枕でいっしょに寝てしまう、それはいつものことだった。

その夜、いつも夜中に目を覚まさない私がなぜかふっと目を覚ました。目の前がまぶしかったからだ。猫のごろごろ音はまだ続いていた。そして猫は光っていた。

光の小さなひとかたまりになって、私の手の上でごろごろいっていた。

その光はしぶきみたいに毛の先で球になり、無数の光が猫の形を作っているみたいな状態になっていた。しんしんと、めらめらと、闇の中で夢うつつの状態にある猫は光っていた。

私は家族を起こそうと思ったが、心地好さそうに光っている猫の目を覚ましたくなかったから、ただ黙ってその光を眺めていた。

あんなふうにきっと猫はたまに深夜に光って自らとまわりを癒しているのだろうと思う。

猫と手をつないで同じ枕で寝ることができるなんて、お話の中だけだと子どもの頃思っていた。でも毎日そんなふうに奇跡が起きている。猫が光ることを知らないであるいは知っていてみんな小さな奇跡をたくさんもって生きている。

そういうすごいことに比べたら、お金のことだとか人間関係の悩みに時間を割くことがもはや冒瀆に思えてくるくらいだ。こんなふうな奇跡が毎日待ち構えているのに、見ようともせず耳をふさぎ、あえて苦しんでいるのが人間というもの。

そんな状態でも人間という業の深いものをこの世に置いてくれているなんて、神様というものの寛大さに胸が痛くなるほどだ。

今まででいちばん

長い間小説を書いてきた。

それから、事務所を持ちいろいろな人と共に働いてきた。

辞めた人も別れた人もきっとみんな「あの人はアクが強いし子どもみたいなところがあるから大変だ」と思っているだろう。

それが小説家という職業の特徴だからしかたがない。様々なタイプの小説家がいるが、全員の唯一の共通項はそこだと思う。もうそれは職業病であり、この仕事に必須の要素なのだと思う。そこが気に障るとしたらお詫びするしかない。

ほんとうにいろいろなことがあった。

まわりから見たら、私がわがままでとんでもないという結果になるということもわかっている。小説家の考えの筋道はわかりにくく、一見途中をすっ飛ばしているように見えるからだ。でも実は道がある。道というものだけを大切にしているといっても過言ではない。

これまででいちばん「この職業はもうむりかもしれないな」と思ったとあるできごとがある。

取材でとある宿に泊まり、あまりにもやることがなかったのでそこにあったトランプで大貧民をやった。すると、いっしょに行った編集の人と私の事務所の人が、わざと負けてくれるのである。つまり、何回やっても私が勝つのである。

自慢ではないが大貧民で弱いことでは定評がある私だ。そんなに勝つはずがないのはわかっている。

人生でここまで人にばかにされたことはないなと思った。

よく「接待ゴルフではクライアントに勝つな」という話を聞いていたが、こんなところにまでそれが及んでいるとは思わなかった。

この人たちはほんとうに私の作品を読んで、内容を理解しているのだろうか？

私はそういうことを最も嫌っているとくりかえし書いてはいないか？

大貧民で勝ったらごきげんになるような人材だと思って接しているのだろうか？

と思うと、情けなくなった。

それからもいろんなことがあり、仕事の上ではいつも怒ったり笑ったりいつも大騒ぎしているけれど、何回でも思い出す。「あれよりはいいや」と。

あれほどにやる気を削がれたことはない。

ボディブローで効いてきて、最終的には創作意欲さえ削がれてしまうようなバカバカしさだった。しかもそれをよかれと思って担当編集者と自分の事務所の人がやっているのだから、もはやマンガだ。でもその人たちはほんとうに良い人たちで、今も抱きしめたいくらい大好きな人たちなのだ。

その矛盾こそが、その間違った距離感こそが、当時の私のおかしな状況を表していたのだろう。

そういう世界から抜けられてほんとうによかったな、と思う。

いつだって

考えてみたら相手が誰であれ、お別れのときはいつだってそうだった。

「まだ時間があるから、これから散歩して、アイス食べて、ゆっくり駅まで歩いてさよならしよう」

「まだお別れの時間じゃないよね、今からお茶を飲んで、あの岬まで行って帰ってこよう」

でものんびりと過ごしているとたいてい時間が足りなくなって、あれ？　もう行かなくちゃっていうことになる。

きっと人生の終わりもそんな感じになるに違いない。

子どもが三日間も学校を風邪で休んだので、いやというほどいっしょに時間を過ごした。毎日午前中の仕事の後、気まぐれにゆっくり散歩してお昼ごはんを食べるところを決めた。そう言えば彼が幼稚園に入る前はいつだってそうだった。今日もいっしょ、明日もいっしょ、まるでずっといっしょにいるかのように。

あんなにだれかといっしょにいたことはこれまでの人生、親とさえもなかったように思う。そしてあんなに安心して過ごしたこともなぜかない。相手は小さい子どもなのに。

そんな思い出がだんだん体の奥底からわきあがってくるのがわかった。その過ごし方の気だるさ、わずらわしさ、そして安心と懐(なつ)かしさ。

どんどんふたりのリズムが合ってくる。

「今日は病院に行って薬もらって、それからおそばを食べに行こう。そのあと電池買いにコンビニに行くから、そこで『ガツン、とみかん』を買おう」

そんなふうに言ってお蕎麦(そば)屋さんに入った。

出し巻き卵とすだちそば。

「蕎麦湯がおいしくて蕎麦がまずい店ってないよね」

「その逆はどうかな」

「逆はあるような気がする」

薄切りの美しい青いすだちをこつこつと食べるのに夢中になり、私たちは時間をかけてしまった。蕎麦湯もおつゆもみんな飲みきったら、もう子どもは学校で行われるミーティングに行く時間だった。何かの係になっていて、それだけは風邪でも行くということだった。

「あ、もう行かなくちゃ。淋(さび)しい、ママ、淋しいよ。ずっと毎日いっしょにいたのに」

「楽しかったよ、ありがとう」

「信じられない、今別れるなんて、信じられない」

　そう言いながらすぐそばにあったその小さな体が離れるとき、なにかがもがれるような感じがした。それも赤ちゃんのときの名残。まだここにあるんだね。

　人と人がいる意味とはきっとそんなようなものだけでいいのだと思う。

イタリアを愛する

　約束はてきとうだし、現場でどんどん話を変えるし、人の話を基本聞いていないし、なんでも自分勝手に解釈するし、イタリア人と仕事するのはとてもたいへんだ。

　面と向かっているときは信じられないくらい誠実な笑顔を見せてくれてとてもチャーミングなのに、冷たくなるときはすごい切り替えで、気持ちがいいほど。それもイタリアの人たちの大きな特徴だ。

でもあの笑顔ときたら！　見せてもらえただけで、もうあとのことはみんな許すと言いたくなるような美しさだ。後先を考えないで今この時間の中にいる豊かな人たちだけの笑顔だ。

そしてそれぞれが自分の体型や考え方や髪や目の色に合わせて服やアクセサリーを楽しんでいる様子を見ているだけで、それがあまりにも自然にそれぞれに似合っているから、まるで海や森を見ているように幸せになる。

フランスの人たちもほんとうにすてきだけれど、制度や階級に則ったきちんとした決まりに対してもう少し厳密さがある。イタリア人はそれを少し崩してから取り入れているように思う。

きっとその秘密はあの天候にある。あのすごい青をした空の色を見たら納得できる。日本にいるときには決してならないあの気持ちを私はいつも恋しく思う。

もちろん貧困に苦しむ人もいれば、都会で一回も外に出ないで働きづめの人もいるから、みんながそれを享受しているわけではないかもしれない。

でも、イタリアで陽が少し傾いてきたときのあの独特の感じ。

夕方の空を見上げて、なにもかもがすばらしく楽しくなってくるような、さあ、一日もだいたい終わった、少しだけ飲んで帰るか仲間と食事に行こう！　という浮き立つような感じはすばらしい。

夜がほんとうにやってくるまでの間、世界の美しさに祝福されて、今日のあやまちもできなかったことも、なにもかもが許されるような気がするのだ。

このときのために

赤ちゃんを育てたこととか、子どもと暮らすこととか、親としての責任とか、全部をからめてしまうと複雑になってしまうけれど、うちの子どもの魂と私の魂がこの世で出会った意味というのを考えると、いつも同じ光景が浮かぶ。

夜更け(よふ)に、私は自分の仕事部屋ではなくリビングに仕事を持ち込んで資料を広げたり調べたりしている。そして息子は iPad で今興味のあることの動画を見たり友だちとメールや電話をしたりしている。

あらゆるホテルの部屋で、それから私と子どもが住んできた三つのリビングのどの部屋であっても、その雰囲気は同じだった。

それぞれが全く違うことをしていて、たまにつけっ放しのTVの番組が面白い場面に差し掛かるといっしょに観て感想を言い合う。そしてまたそれぞれの作業に戻る。夜は静かにどんどん深く更けていく。やがてちょっとお腹が減って、スープや海苔やおせんべいやチーズをつまんだりもする。

実にくだらないようだが、この時間の安らぎのために、自由な感じのために、私たちは出会ったのではないかとふと思っていた。

すると子どもが顔を上げて、

「ママとこうして過ごしてると、ほんとうに楽しいしほっとする」

と言った。同じように感じているんだなと思ったら、人と人の間で嘘っていうのは深いところではつけないものなんだなと感じた。

言葉でなんと言おうと、同じものを感じあっている。

いつかどこかの時代で、私と子どもは全く同じように、次に生まれてきてもこの人とこんなふうに過ごして魂の充電をしたいなあと思いあっていたのかもしれない。そう思うといちばんこの深い気持ちにしっくりくる。こういうなんとも言葉にしにくい気持ちを説明するために、前世という考えがあるのかもしれない。

総詐欺時代

時代が変わったなあと思うのは、これまで無料だったことが有料になるときだと思う。

私の父は評論家だったが、今になってその凄さがますますしみてきた。

というのも、父は「水が有料になってそれがあたりまえになったときに何かが変わった」「忘年会や夏に海辺でとる休暇のときに、仕事の話をするようになる人が出てきたとき、そのメンバーの中に二名の自殺者が出た。そのことは関連があると思う」と言っていたからだ。

その観察眼は確かだった。それまでの世の中ではたとえふだん会えないような人が目の前で飲んでいても、お休みでプライベートの時間なんだから仕事を頼むなんて野暮だからやめときな、というのが常識だった。しかし、突然、そういう場でもアグレッシブに顔を売って仕事の話をするほうができるやり手だ、みたいな感じになってきたのである。それと同時に、心優しかったり弱い人がこの世にいにくくなり、日本人の自殺者数がニュースになりはじめた。

身の回りの世界を見ているだけで、父にはそれだけのことがわかったのだ。

そう、これまで無料だったことが商売になるというのは、そういう時代なのだからしかたがない。私の周りにももちろんそういう仕事をしている若い人がたくさんいるから批判ではない。もうそういうことまでお金にしないと生きていけない時代だというのもほんとうにわかるから、がんばってねと思う。

それから時代が変わったのを理解できるから「昔だったら、こんなことを聞いてしまったら、たとえなにも言われなくても金一封かそれに値するものを後からお礼に届けるものだ」という常識ももはやもちろんなく、聞き逃げするばかりかそれで特許を取っちゃったり商標登録してトンズラということも多そうだ。だから自分のアイディアを守るためにはお金を取るしかないということも理解できる。

しかし、なんという時代になってしまったんだろう。

私は常に「そのくらいただで教えてやんなよ」と思ってしまうし「そのくらいただでいいじゃん、世知辛いなあ」と思ってしまうので、未だにメルマガも結局やっていないし、ブログなんかも基本的にはただで読めるようにしている。あるいは妥当な最低限の線でもらっている。

それにしても、サバイバルはいつの時代も重要なテーマであったから、常に更新していかなくては。

そう思いながらも、やっぱり最近乱立している珍商売が長続きする気は、どうしてもしないのである。いずれにしてもホンモノはどこにいてもちゃんとやるし、どこにいようと普遍的なものを創るのだろう。

あまりによくあることなので、そしてみんながこれに違和感を持っているように思うので、多少愚痴っぽいけれど例えを書こうと思う。

あるとき、本の巻末に載せるためにある人と対談をする。とても良い対談だったし、みなが実りある時間を過ごした。

本が出ることになり、ある日いきなりPDFで新聞広告の見本が届く。明日までに大至急確認してくださいと書いてある。こんな広告を載せますがいいですね？　という意味であって、広告に名前を使ってもいいですか？　でさえない。

そこには著者名の倍くらいの大きさで、私の名前が書いてある。私の名前の前には勝手に「絶賛！」などと書いてある。絶賛したかどうかだれも、私さえも知らないのに。

それがとても小さな出版社で、多少でも著名な私の名前をなんとしても使いたいというわけではない。そういう場合は相談してくれたら、著者の二倍ではなく絶賛でもない形にしてもらって応じる気持ちはある。しかしそれはたいていの場合とても大きな出版社で、さらに言うと、そこで名前を使用されていることに関しては無料なのである。

よく考えてみてほしい。自分の名前が日本中に配られる、不特定多数の人の目に触れる新聞の広告に載って、さらにはそれで効果を得ているのに、私はその絶賛しているらしい人の敵に当然嫌われるのに、私には一銭も入ってこないのである。

で、私が「困ります」と言うと、確信犯だったらしくて、あるいはだめもとであたってみたらしくて、彼らはびっくりするほどすぐに取り下げる。

これはもうほとんど詐欺(さぎ)のレベルではないかと思うけれど、やはりそういう時代なのだろう。

私はこのケースのことを心の中で「だめもと詐欺」と呼んでひそかに分類している。

自分は参加しないということしか、もはやできない。

携帯電話を買うと「後ではずしていただいてけっこうですから」と全く必要のない数週間だか一ヶ月だかは無料でそのあと有料になるアプリがついてくるのとほぼ同じ考えだ。

はずし忘れた人や理解できなかったお年寄りから、月々数百円ずつ取れたら大きいよね、うっかり忘れてくれるのに期待しよう、ということだ。

そういうことですか？　と聞いてみると「違います、お使いいただいてもし気に入っていただけたらそのままでお使いいただければというプロモーションの一環で親切な気持ちで初めは無料にして楽しんでもらっているんです」と言う。でも、ほんとうにそう思っている人なんてひとりもいない。みんなわかっているのだ。人を騙して小金を稼ぎたいと堂々と言ってるようなものだ。

「じゃあ、私はほんとうに使わないので今すぐ外してもらえますか？」というと、応じられないと言う。そして、めんどうくさいおばさんが来たな、という感じになる。

こんなことが普通に行われているのだから、しかたないなと思う。

年寄りはみなすぐに説教する、そのわけがわかってきた。

たいていの人は表現力が足りないだけで「こうなりなさい」と言いたいわけではないのだ。

「あなたたちが当然と思っているそのこと、今だけ別の角度で見てみませんか？　私の世代からはちょっとおかしく見えますよ」って言いたいだけだ。

ミラノの朝

ソウルの朝が川や山の力といっしょに湧きあがってくるのとは少し違って、ミラノの朝は私の中で近代の朝という感じがする。

ホテルの窓を開けると、たくさんの人がすごい勢いで歩いていく。みな通勤にふさわしい服を着ていて、颯爽としていて、フレッシュな感じだ。石畳の上は人々の靴音でいっぱいになる。

バールではバリスタたちがやはり颯爽ともはやエスプレッソマシンの一部になったかのように完璧なコーヒーを淹れまくっている。みんな長居はしない。さっと飲んで、ぱっと出かけていく。まるで給油するかのようにコーヒーを飲む。甘いパンをかじる。

しかし、その空気の中で青空を見上げながらふっと目を閉じるとどうしてか湖や山を感じる。

そうか、この空の少し北にはものすごい高さの山々があるのだ、そう思う。

わかりにくいけれどここでもやはり人は自然から力をもらっているんだ。

みんな昨日もきっと遅くまで起きていたのだろう、そういう顔をしている。でも一日はちゃんと始まっている。大地からの力が人々をここでも押し上げている。

私は何回も思う。

東京のそういう力はどこに行ってしまったんだろう？　確かにあったのに。

昔、表参道のあたりを歩くと、地面からすごいエネルギーがわいてきて、人々も意味なくそれで活気づけられているのを感じた。あのすばらしい並木道の木々がだんだん力を失っていったように、今はなんだか地面がスカスカしている。そんな感じしかしないのが悲しくて、私はいろんな土地に朝を探しにいく。私の足の裏が少しでもふるさと東京の地面に、海外から持ってきた力を返せたらいいなと思う。

伝説の十時間マッサージ

ホドロフスキーは書いた。

「石の生きた心に到達せねばならない……。毎朝二時間、六時から八時まで、生徒たちと朝食をとる前に、私は石をマッサージすることにした。初日、私たちを抽象的な空間に沈める朝靄（あさもや）のなか、岩は、私の存在などには無頓着（むとんちゃく）な、巨大な卵のように見えた。なにをしたところで私たちのあいだに接触を打ち立てるのは絶対に無理だと思った。しかし私は、月を射ようとする狩人の寓話を思った。何年ものあいだ狩人は試みる。矢はけっして月には届かないが、狩人は世界一の射手になる……。問題は、石を生きた存在に変えることではなく、変えようと努めることだった。錬金術師は不可能事を試みなければならない。真理は道の終点にあるのではなく、得ようとして実行する行為の全体こそが真理なのだ。裸でマッサージを実行する必要を感じた。辛抱強く、水と石鹸とスポンジで石を洗った。それから、ラベンダーオイルを用いて石を撫ではじめた。日差しはまだ強くなかった。まったく休まずにマッサージを続けたものの、表面は冷たく、なにも受けつけないままだった……。決意を守り、私は毎朝マッサージを続けた。少しずつ、人が動物を愛するように、石を愛するようになった。ギブ・アンド・テイクの観念を捨て、見返りを期待せずに与えることを覚えた。私の存在を意識してもらうことに頓着せず、石の存在を愛することを学んだ。石の体が無反応であるほど、私のマッサージは深みを増した。」

「ひとりの生徒が、ある朝こっそりと私を見ていたことを告白し、私にマッサージしてほしいと言った。私は承諾した。彼に、服を脱いでテーブルの上に横になるよう求めた。なにも考えずにマッサージを始めた。私の手はおのずと動いた。石の無反応と堅さに慣れていたせいで、皮膚や肉はもちろん、内臓や骨まで手に感じた。体が水平の障壁によって分割されているように感じたため、足の先から頭に通じる垂直な繋(つな)がりを設けることに没頭した。翌日、生徒は貯金の全額を持って、世界をめぐる旅に出発した。」（『リアリティのダンス』アレハンドロ・ホドロフスキー／青木健史訳　文遊社より抜粋）

これと最も近いものを受けたことがある。十時間ぶっ通しでマッサージを受けるというものだった。

近所でよく会う卵のようなかわいい女の人が、そのマッサージを受けた直後にはものすごく声が通るようになっているのに気づいた。なんていい声なんだろう。まるで鳥のさえずりのようで、よく響くからボリュームは大きく感じられるけど少しも不快ではない。きっとこの人の持って生まれた声はこうなんだ。そしてせわしない日常が彼女からそれを奪っていたんだ。

そう思って愕然(がくぜん)とした。きっと私も、声とかなにか大切なものをすりへらしているのではないだろうか？　それって体に対してとても失礼なことなのではないか。

そして、マッサージをやってくれる特別な人を紹介してもらった。

いざ受けてみると、意外にも十時間はあっという間だった。何回寝ても起きても、ずっとだれかが自分の体を触っている。少しもエロくなく、皮膚の内側にアプローチしている。こんなに人がずっと自分に触っていたのは赤ちゃんのとき以来だろうな、と思った。

私は父にばかり抱っこされていた。そのとき母が子どもを抱っこできないほどに喘息で弱っていたからなのだが、そのせいか異性を異性としてどきどきできないようになっている気がする。男の腕はときめきではなく安らぎなのだった。そんなことも思った。私にとって母性というものを思い出すと、いつも私の腕にそっくりな真っ黒い父の腕が浮かんでくるのだ。

十時間、朝から晩までを体のためにただ費やし、ただやってくれた人に感謝を抱きながらふらふらになって道に出るともう真っ暗で、涼しい風が吹いていて空には星。

それから一杯飲みに行った。もう今日はおしまい、生ビール、揚げたてのウニコロッケ。焼きおにぎり。十時間のプチ断食のあとなので、なにもかもが生まれ変わったみたいにおいしく感じられた。お店の人とちょっとしゃべって、夜道をてくてく帰る。

じわっと時間のひもが伸びるような感じ。

こういうのが人生かもと思った。いつもこんな毎日が送りたいという話ではない。子どものときのようなこの時間の使い方を長い間忘れていた。

　子どものときは、ひとりで過ごすことはあまりなく、かといってだれかとしっかり向き合って語り合っているでもなく、それぞれのことをしながらなんとなくだれかといた。気をつかうでもなく、そのへんにだれかがいた。友だちがいなければ友だちの弟がいたり、家族のだれかが留守なら残りのだれかが家の中にいた。そして一日はただそんなふうに終わっていった気がする。なにもしていないはずなのに、そのことがとても豊かで一日の終わりを惜しみたくなるみたいな、かみしめたくなるみたいな。

　管啓次郎（すがけいじろう）先生も言っていた。

「みんな、ネットなんてしないで、夜はゆっくり寝たらいい。いくらだって寝たらいい。八時間でも九時間でも。たくさん夢を見るのだって、意義がある時間なんだから」

　急いだり節約したり人の何倍も走ったりすることばっかり言われるから、そんなことすっかり忘れていた。体は必死で「先を急がないで、置いていかないで、盛り込みすぎだよ！」と言っていたのかもしれない。

装いの喜び

イタリアに行くと、夢のようにセンスのいい色や形のものがだいたい一万円から二万円で売っている。

なにをどう組み合わせてもかっこいいものばかりなのだから、みんながかっこよくなるはずだ。

日本だと、ほんのちょっと素材がいいものだと、かなりもろいものでも平気で三万円くらいで売っている。若い人のお店にそれは顕著な傾向だ。ファストファッションだけだとなんとなく気持ちが晴れない人たちも、なんとなく「いいもの、良質なものを持っている」という満足感が得られる。でもほんとうはそんなことでセンスは試されたりしない。

ヴィトンは例外的にずいぶん工夫して庶民の生活のあり方に迎合していると思うが、ハイブランドの服とかデザインというのは、仕立てがいいとか質がいいとかではなく(もちろん仕立てもいいし質もいいのだが)「私は今季も新しい服や靴やバッグを買える経済力があります」というものを持つという表現であって、来季も着たり持ったりしない人のために基本的には作られている。もちろん各ハイブランドにベーシックなものもあるけれど、それらは「今季のもの」を買った上で初めて持つようなものである。下手するとそういうものを身につける人は、クリーニングに出さないで店や人に引き取ってもらったりしている。

韓国映画やアメリカ映画やヨーロッパ映画に出てくるお金持ちは、ほんとうにああいう生活をしている。毎週ごとに行かなくてはいけないいくつかのパーティがあり、毎回ドレスを変えなくてはみっともない、そんな生活だ。

私はほんとうのお金持ちの生活を（大富豪だとか貴族だとか王族だとか）いやというほど見たので、その仕組みをじっくり見てしまった。家を買えばインテリアデザイナーが全部の家具をコーディネートしてそれをお金持ちが購入し、それで名をあげて一般の人にも売るようになる。一般の人はありがたがっているが、それは単なる罠である。私たちが知るセレブと呼ばれる人たちのしていることはほんとうの大金持ちのしていることとの単なる廉価版だし、商売をするほうにはその憧れを利用されているだけということも知るようになった。また、買い物と税金対策は切っても切れない関係で単なる法のしばりによって成り立っていることもわかった。ちっとも自由でもないし創造的でもない。それで、ばかばかしく思うようになった。

もちろん大富豪にも例外はある。質素な人もいるし、創造的な人もいる。ただ、おしなべてそういうものなのだ。

全身ダイヤの服でメガネにまでダイヤがついていて、一回のパーティが終わったら処分してしまう人や、車を毎週乗り換えている人が、ブランドやディーラーと密接ないい関係にあるのもたくさん見てきた。

こういう世界もあるが、こういう世界の廉価版では生きていきたくないと思った。かといって古着とか小綺麗(こぎれい)だけど夢がないみたいなものにも全く興味がなかった。だから、そこそこ高いものと安いものをすれすれで組み合わせてわかる人にしかわからないということのスリルを楽しんでいる。

たいていの場合失敗して、レストランではいちばん悪い席に座らされたり、なぜか居酒屋でいちばんなじんだりしていて、虚(むな)しいけれど自己満足はしっかりできるので、どうにもやめられない。

このあり方って私の、自分の作品に対する態度にもすごくよく当てはまっている気がしてならない。

その歳(とし)の自分に合い、その年の自分の好きな色と、若干のトレンド風味(これは安いものでなんとかする)と、ベーシックな自分らしさ(私の場合、占星術では見た目を表す月が山羊(やぎ)座だからか、まじめ系のヒッピー調、七〇年代カリフォルニア的色使い）と、長年使い込んだボロに近いしかし質のいい持ち物を、そのときにしかない形で組み合わせる喜び、それこそがきっと装う喜びなんだと思う。

　そしてそれらを身につけていっても理解してくれる、センスがいいねと思ってくれる、同じような人たちがいる場所こそ、自分がいるべき場なのだろう。

　それさえあれば、たとえアウェイにいるときにしかたなく合わせていたり、そこでばかみたいに見えても、気持ちが寛大でどうどうとしていられるように思う。実際、私は何回か面と向かってとんでもないことを言われたことがある。

「こういうお金持ちの世界をのぞいてみていかがでしたか？」とか「普段会うことができない人たちに会ってみるってどういう気持ちですか？」「あなたもこんな暮らしをしたいんじゃないですか？」とか。

　私は笑顔で「そうですね、小説を書く上ではたいへん参考になりました」「うーん、桁が違ってよくわかりませんでした」「やはり手が届きませんし、私は家で洗える素材の服が好きですね」などと答えるけれど、全く興味がないです、と心の中で思っている。それにその言い方ってとっても失礼だと思いますよ、と。でも彼らは大真面目に言ってくれているんだから、悪気はなさそうだ。そういうことを言ってくるのは、成金か武器貿易商人などちょっとあぶない仕事の人が多い。そんな世界にいるなら、ストレスもありそうだし、深く考えないで生きていかなくてはいけなくて大変だから、どうかお金で解決できる楽しみくらいたくさん持っていてください、と私はしみじみ思うのだった。

そしてとても大切なことは、自分が自分の好きなものを着て、自然にふるまえる、そういう場所で使う金額の基準こそが、自分の人生で必要なお金の基準なのだ。ホテルの設備、航空会社の快適さ、家のどこにお金をかけるかなどなど、全て（すべ）に当てはまる。つまりそれ以上は稼ぐ必要が全くないということでもある。どんどん稼げばいいという勘違いも、ここで解消される。

まずは自分だ。自分がどういうことを好み、どのゾーンに属しているか。これさえ決まれば、なんと人生のパートナーも自然に決まってくるし、どのくらい働けばいいかもわかってくる。

インド人たち

こちらが車の中にいようと歩いていようと、彼らはこちらをじっと見つめる。「ガン見」という言葉がいちばんぴったりだ。

怒っている感じでも、妬（ねた）んでいる感じでもない。

ただひたすらにじっと見つめる。

それで見つめ返してみるけれど、目がずっと合っていることもあまり気にしないみたいだ。

じゃあと思って、にっこりと笑いかけてみると、たいていの人は信じられないくらいかわいい笑顔になる。

笑顔にならないのはエアインディアのカウンターの人たちくらいだったな。

トイレに行ったら掃除の人にチップを払いなさいと書いてあったけれど、空港のトイレに行ったとき、私は細かいお金を全く持っていなかった。悪いなあと思いながらいちおうポケットなど探っていたら、生まれたての赤ちゃんを抱いたインド人女性がトイレに入ってきた。トイレの掃除のおばちゃんは「預かろうか？」と手を差し出し、「ありがとう」とその女性は赤ちゃんを預けた。

私はびっくりしてしまった。これまでに聞いていたカーストのことやチップのことなどが頭の中でぐるぐる回り、なにがなんだかわからなくなった。目の前で掃除のおばちゃんは赤ちゃんを楽しそうにあやし、女性は個室から出てきてまた「ありがとう」と赤ちゃんを受け取った。チップを払うこともなかった。

こういうケースはとても珍しいのかもしれない。

それでも私はなんだか恥ずかしくなってしまった。めったに来ない国って、こういう気持ちになれることもいいところだなあと思いながら。

人の念

だれかが自分のことを熱心に憎んでいて、ことあるごとに思い出しては妬みをつのらせていたら、それが届くのは当然のことだ。非科学的でもなんでもないし、被害妄想でもない。そういうセンサーは人間にごく普通に備わっているし、鈍ければボディブローで効いてきて長く続いたら命取りになることもあるだろう。

私は個人的には、せっかく人として生まれてきたのにわざわざ足を引っ張り合うことはないという考えを持っている。共存することこそが人の道だと思っている。だれかが元気になると、なんとなくまわりもエネルギーをもらって元気になる。それこそが呪いの逆の現象だ。どちらかといえばそちらのほうが、生命というものの原則に沿っている気がする。逆に回すと疲れるに決まっている。

ノイローゼ気味になるほどのことはない。自分さえしっかりしたいことをして気持ちをそちらに向けていれば必ずそのことは相手に通じる。相手にとって、念を送っても全く意味がなければバカバカしく思えてくるものだ。バカバカしくなったことで、相手の人生の無駄な時間も減る。

でも自分がぶれていたり弱っていたりすると、念は泣きっ面に蜂のような感じで忍び込んでくる。そういうときは愛する人たちに頼んで、追い払うように祈ってもらう。そしてその人たちにそういうことが起きたときに、お返しにお祈りしてあげる。呪いのもたらす負の連鎖よりもそんな優しい連鎖のほうがやはり生命の法則に沿っている気がする。

念を追い返すときには、相手に戻るときには光になっていますように、と願うようにしている。

どんないやな奴でも面と向かってばったり出会うと、そしてその人が散々私の悪口を言ったことで少し後ろめたそうにしていればいるほど、結局は人間は弱いんだな、この人は私を呪うことで自分の中のなにかをごまかしていたのだろう、とあっさり思えてくる。そしてその数時間の間くらいはそうがまんするでもなく、相手の命がここにあることをただ認めているような（認めるであって赦すではない）なんとなくいい感じの気持ちになれる。

　どうせとことんは憎みきれないのなら、ただ良い気だけを外部に与えたほうがいい。

　実例をひとつあげてみる。

　昔つきあっていた人は、たいそう人気のある人だった。彼の恋人はたまたま留学中で、多分もう別れるだろうことはなんとなくわかっている状態だった。落ち込んでいる上にわきが甘くなった彼は小さな浮気をくりかえしては次の恋人を探していた。

　そんなときになにも知らない私が横から急に出てきて彼をかっさらっていったので、たいへんなことになった。怒りの電話、手紙、ＦＡＸ、メールなどなどがいっぺんに私の事務所に押し寄せたのでびっくりした。彼の家にいても留守番電話に「あの夜のことは忘れません」だとか「酔っ払って電話しちゃった、泊めてもらえますか？」とかいうメッセージがいつも入ってきた。彼はその時期よほど遊んでいたのだろう。

そんな状況でなんで別れようとしなかったのか？　今の私にとっては生まれ変わる前の自分を見ているかと思うくらいの大きな疑問なのだが、なぜかめぐりめぐって彼は私の両親の介護を手伝ってくれたので、そういう縁だったんだと思うことにしている。

あるとき、私は彼の友だちカップルに会うことになっていた。その友だちカップルと私はなにからなにまで全然気が合わず、めんどうくさいなあと私は思っていた。でもしかたないので、いちおうにこにこしてなんとか過ごした。しかしその友だちカップルの女性のほうが遅刻をしたりものを落としたりチケットをなくしたり大騒ぎで、私の彼がいちいち面倒を見て、カップルの男のほうはものすごく不機嫌になっていった。これらは全て、彼らが私のことが気に入らないという表現なんだろうなあ、と私は少しだけ落ち込んだ気持ちになった。

気味が悪かったのは、お芝居を見る直前に寄った銀行の掲示板になぜか殴り書きでうんと若い女性の丸文字で「○○さん（私の彼のフルネーム）いったいどこに行っちゃったの？　会いたいよ」と書いてあったことだ。もちろんそのカップルの女性が書いたのではない。彼のまわりの誰かが書いたのだ。

私はお芝居を見ながら猛烈に頭が痛くなって、生まれて初めて、その後に予定されていた彼の上司の友だちとの食事をキャンセルした。なかなか会えない人だったし、私から会いたいと言って、さらに目上の人だったので、私の性格ではありえないことだ。間に入った上司はそうとう怒って、それから私にうんと冷たくなった。

そのケースが、呪いにまんまとはめられたケースである。

今の私なら、もう少し愛情深く、そして強いと思う。

赦しを与えたり、癒しを送ったり、愛をもって相手を受け入れて更生を願うとかではない。そんなことができるほど、私は人間ができていないし、そんな人間になったらつまらないとさえ思っている。

嫌いなものは嫌い、なんで？　だって相手が私を嫌いだから。

じゃあいつも鬱々と呪われたらどうする？

嫌いなままで、でも相手が生きていることを否定しない、相手が幸せであることを否定しない、それだけでいいんだと思う。

相手からじめじめと送られてくる暗い思いを感じたら、ひたすらにそれをクリーニングして、相手にはねかえす。そして必ず、その念が相手に戻るときは小さな、取るに足らない光になっていますようにと願う。

そうやって軽やかに銃弾の中を抜けていけたらと思うのである。

死ぬ頃には弾に追いつかれるかもしれない。しかし、多分ずっと人の幸せを否定しないでいたら、たくさん送り続けた小さな光たちが私を押し上げ、守ってくれるだろう。

最後のハグ

いっぺんに蜂に二回刺されたら、アナフィラキシーショックになる可能性は高くなるのか、そんなことはiPhoneで咄嗟(とっさ)に調べたサイトには書いていなかった。

夫の実家の玄関を出たところで子どもが蜂をこわがって変にさわぎ、とばっちりで私が襲われたのである。

ミツバチには刺されたことがあるけれど、あんなでっかいアシナガバチたちに刺されたことはなかった。これもまた都会っ子かつアレルギー体質の私にはどきどきすることであった。

まず思ったのは「子どもでなく私でよかった」だった。その自分にはホッとしたけれど。

二匹が飛んできてブンブン音がしたと思ったら、首に二ヵ所ぐさっと針が刺さった。痛い！ と叫んで、そのまま子どもといっしょに走って巣の近くから逃げた。首の後ろがびっくりするほどぼこぼこにフタコブラクダみたいに腫れていて、熱くなっていた。

子どもは半泣きであれこれ言ったりネットを調べたりお父さんに電話したりしている。

私はあわてすぎて取り落としたKindleなどを拾いながら、近所の空き地の壊れかけたブロック塀に座りこれからの予定について考えていた。

蜂の毒の匂いがするとまた刺されるって書いてあるから、巣のある方向に戻るのはなし。だからもう一回家に入って首を洗うのはとりあえずなし。

銭湯に行こうとしていたが、中止しないで行ってみて洗うのは意外に有効かも。

銭湯の隣に大きな薬局があるから、そこでステロイドと抗ヒスタミンの軟膏と冷えピタを買うのも意外にありかも。

ということで予定はそのまま続行することにしたが、首がじんじんして回らない。

激しいアレルギー反応は来るとしたら多分十五分以内にやってくるだろう。

そう思って、とりあえずそこに座って待ってみた。

その日は信じられないくらいきれいな夕方で、山々に金色の光が降り注ぎ、空はピンク、積乱雲も綿菓子みたいにピンクに染まっていた。そのピンクのグラデーションがまるで光の粒をまとっているみたいに輝いているのだ。

「あと十五分だけ待ってみて、大丈夫そうならそのまま行こう。もしママが倒れたりおかしくなったら、戻ると蜂が興奮していてあんたもあぶないから、パパのところには戻らないで救急車を呼んで」

私は言った。

「ママ〜」

と子どもは言った。

それはないだろうとは思っていたけれど、万が一すごい状態になったら、死ぬ人もいるというので、

「もしかしたら死ぬかもしれない確率だってゼロじゃないから、ちょっと抱っこさせて」

と言って、道端で子どもをぎゅっと抱っこした。こんなに大きくなっても、その体の感じは変わらない。あの細長い赤ちゃんだった頃と変わっていない。自分の体の一

部みたいにフィットする。

夕焼け空の下、永遠の別れを感じながら単なる道端で抱き合う親子。ばかみたいだけれど、とても美しい思い出になった。

もちろん私は無事だったからこれを書いているのだが、あのとき夕方の光の中で空の色があまりにもきれいに見えたのは、やっぱり命のことを考えたからだろう。

死ではない。命だった。……というかそのふたつはほとんど同じ力を持ったものだ。命の流れは日常の中ではひっそり沈んでいて、お餅（もち）のように伸ばされ、均（なら）されてもったりしている。しかしひとたびなにかがあれば、まるで龍（りゅう）が水から勢いよく上がってくるみたいに姿を表す。この世界のヴィヴィッドな層を私たちはそんなときだけかいま見てびっくりする。こんなにも毎日が冒険であることを思い知る。

ほんとうは無事だろうってわかっているなかでの、お別れごっこのハグはほんとうに温かかった。万が一あれがリハーサルでなかったとしても悔いがないくらい、世界はきれいだった。

去年の夏

いったいなにをしていたっけ？　と思ったとき、いちばんに思い出したのは、子どもがほしがったのでできたばかりの流行（はや）りのポップコーンの店の行列に並んで、警備のおじさんとおしゃべりして、なんと六千円もポップコーンを買ったことだ。

いろいろな人に配ったりおみやげに持っていったりしながら、しばらくポップコーンばかり食べていた。

まだ前のとても小さいうちに住んでいて、置くところがないから階段にポップコーンを置いていた。

そのポップコーンがなぜだか異様に重くて、必死で人ごみの中かついで歩いた。

そしてその足でネパールカレーの店に行き、家族でカレーを食べた。

まさか翌年にはインドでカレーを毎日食べているとは予想もしていなかった。

ほんとうはいちばんの思い出は夏休みっぽい台北（タイペイ）に行って、陽明山の温泉で巨大プールに入ったことだったはずなのだが、ささいなことほどよく浮かんでくるものだから、しかたない。

陽明山の温泉プールの滑り台の上にはでっかいバケツがあって、一定の時間水がたまると逆さになってザバーと水が降ってきた。

ムロタニツネ象のマンガに出てきたすごくこわい地獄の図を思い出すような大きさのバケツだったのだが、だれもそのマンガを知らないから、共有できない。だからひとり渋い気持ちになった。

もっと渋い気持ちになったのは、足の角質を食べてくれるというドクターフィッシュの足湯の中に、ドクターフィッシュだけではなく普通の赤い金魚がけっこうな割合で混じっていて、ドクターフィッシュたちといっしょに足の皮をつついてきたことだ。温水なのに、そして金魚なのに。結局なんでもいいんだなあ、と思った。魚にとって人の足の角質は大好物なのにちがいない。

そんな夏だった。でもきっとやっぱり特別な夏だったのだ。台湾のプール際をぺたぺたと歩いたことも、食堂で透明な柑橘のゼリーを鍋から山盛り食べたことも。そして重いポップコーンをかついで子どもと手をつないで歩いたことも。

今もなんとなくあのポップコーンのことを思うと、口の中がぱさぱさした感じになる。

そして少し切なくなる。そのときいっしょにいた、子どもが小さいときからずっといっしょにいてくれたシッターさんはもうシッターをやめてしまい、日常をいっしょに過ごしている人ではなくなった。今も耳にシッターさんと子どもの話す声が響いているくらいなじんだものなのに。少しずつ、ものごとは変わっていく。

人生ってなんてすばらしいんだろう。そんなささいな、しかし毎年更新される夏の思い出をきっと私はまだ当分持つことができる。それだけでもう踊りだしたいくらい嬉しい。

豊かさ

同じような絵を何回も描いて、いちばんいいものをだれにも見せないでだいじに取っておいたり。

その中の小さなモチーフを粘土で作って彩色してお守りのように持って歩いたり。

旅先でそれをかばんから取り出して窓辺に置いてみたり。

そんなようなこと、その心の広がり。

朝起きて自分の家の庭に生っているトマトを取ってきて、よく洗って、きらきらした水滴がついているたくさんのトマトを見ながら、好きな音楽をかけて、自分でドレッシングを作る。そしてよく切れる包丁でトマトを切って、バジルを和えて、サラダにしてドレッシングをかけて食べる。

その時間の流れみたいなもの。

このようなことの奥には秘密の扉があり、もし形だけこのようなことをいっしょうけんめいやっても決してそこに魔法は生じない。そこに命を吹き込むのは自分自身だ。意識したら逃げていってしまうから、金魚すくいをするときのように、そっと、命のきらめきを追いかけながら、夢中で瞬間を見つめるように。そこに楽しさがなかったら、義務になってしまう。

子どもの頃のように、無心にやっていたらきっと、この過程の中で小さなドアが開き、妖精や天使が顔を出すみたいに、ほんとうの時間の流れがよみがえってくる。ミヒャエル・エンデが書いたように、私たちが奪われたものはつまりこの偉大な魔法なのだ。

たまに北海道の肥沃な土地と果てしない空のもと、そしてヒグマのひそむ森や厳しい冬の気候の中で育った人と話していて、ちょっと急ぎのことを言うと、その人が不思議なぽかんとした顔になることがある。北海道の人たちだけにある「ぽかん」で、そんなときの彼らはまるで子どもみたいにまん丸の透明な目をしている。

小さいことを急いでせかせか見ないでいることに、彼らは慣れている。

そういうことこそが、土地のもたらす財産なんだと思う。

海辺の古い宿

小学生のときから、その建物は全く変わっていない。

だからそこに行くと、気が遠くなる。同じ三面鏡に小学生のときの自分が映っていたのをかつて見たのだ。今はしっかりおばさんになっているが、痩せて真っ黒で腕の皮が剝けていたあの日の自分がそこに重なる。

決して立てつけのよくない扉を押すと、今にも真っ黒い父が真っ白いシーツのふとんに寝転がってＴＶを観ているような気がする。戸を開ける度にあまりにも何回も見た光景で、当たり前すぎて、だから見えて当然だというふうに体が思っているようなのだ。

戸を開けたら必ず玄関の脇にあった父の麦わら帽も見えるような気がする。町のそこかしこにそんな思い出がこもっていて、香りのように立ちのぼる。あらゆる年齢の私が、親や姉といっしょに過ごしている。

混同しやすいが、それは懐かしさとか切なさとかそういうものではないように思う。もう少しデジタルなものなのだ。

今は今の幸せがあるから、いつものように過ごしてそこに家族がいなくても、夜道を笑いながら大勢で歩いた海の仲間がいなくても、意外に淋しくはない。

ただ残像がくっきりと残っている。古い電灯やポストや、薄いじゅうたんをふむ足の裏の感覚が、トイレの古いタイルの匂いが、過去をそのまま知っているのだ。

自分が幽霊になったようで、頰をつねって生きていることを確かめたくなるくらいだ。

就職などで故郷を離れた人が実家に戻るとこういう気持ちになるのかもしれないな、と思う。

バブルの時期の私は忙しくて、時間と休息をお金で買っていた。あの頃は少しでも短い移動時間にしたくて、新幹線の駅までタクシーを呼んでいた。

今の私は、人生が限りあるものであることをよく知っているから、なるべくゆっくり山と海を見ていたくて、バスに乗って帰った。

タクシーから見ようがバスから見ようが、夕方の光が消えていくときの山の緑の色は変わらない。日本にしかない奇跡みたいな濃い緑色。停留所に停まりながら、その場所に住んでいる人たちを眺めながら、残りの人生をなるべくゆっくりと歩んでいけたら。

ヨーロッパの秋

この気持ちこそが「大人っぽい」という気持ちなのかもしれないなと思う。秋で、空が高くて、アジアっぽい親密さや人とくっついて温かみを感じているだらしなさが一切ない、ひとりひとりが切り離された硬質な空気の中で、透明な風に吹かれて、歴史が刻まれた建築物と石畳の中を歩くとき。

これまで観たヨーロッパらしい映画……例えばドヌーブの「別離」。どうして彼女はついうっかり人生の道を踏み外してしまうのか、ある朝かわいく朝食を用意して恋人のもとをさっぱりと去ってしまうのか、そんな気持ちがその空気の中ではすぐ理解できる。

狩猟本能に基づいた恋が空気の中にしみこんでいて、常に人々は胸を切ないものでいっぱいにしているからなのではないだろうか。

街の色が石に支配されているからこそ、しっかりとした革靴でないと足を痛めてしまうからこそ、人々は茶やベージュやボルドーの色合いをあんなにもうまく組み合わせられるのだ。

日本のべったりとした道や、こんもりとした自然には似合わない色だ。

歩いているだけですごく淋しくなる。世界はなんと美しく、その中で私はなんとはかないのだろうと思う。でもその淋しさはいやなものではない。透明な色をもって心にしみてくる、人の顔をきりっと上げさせる種類のものだ。そしてとてもセクシーなものだ。こんなにも孤独だから、とにかくムラムラしていよう、そして子どもを増やす行為をしよう、そのくらい単純に人を動かす種類のものだという気がする。

死

ちょっとずつ調整しながら、自然に死んでいくことはできるのではないかと思う。ある段階から、人は服を着替えて病院に行くなんて絶対無理と思うようになる。そのときからが、ほんとうの向き合いが始まる気がする。

現代の人はみんな死をよく知らないから、不具合が出て診断がくだり、がーんとなって、それから全く違う日々を送るようになる。まるで本人も周りもいっそ早く来いと死を待っているみたいな日々だ。

でもちょっと待てよ、なんでわざわざ違う日々を送るようになるのだろう？

病院に行くことが日常に入ってくるから？

入院していろいろ苦痛な検査を受けてでも、今までの暮らしがしたい、っていうのは本末転倒なのではないか？

今までと違う日々の意味をもうワントーン普通にできないだろうか。

実を言うと、妊娠しているときからその疑問を抱いていた。この毎月の健診、たしかにとても大切だけれど、不自然極まりないのもたしかだと。

健診をすると安心できる、そのくらいのことだった。だめなものは健診しようとしまいとだめなんだろうとなんとなく感じていた。

病院という不自然な場所に足を運ぶエネルギーがあるうちは、きっとほんとうはまだ大丈夫なのだろう。

病院に行くのは基本的には、無理して体を使わなくちゃいけない用事があるからであって、死ぬという話になったら、ひきのばすのとメンテナンスするくらいしか意味がない。

感染症や骨折だったら、もちろん助けになるし、力を増やせるから意味がある。

その見極める力について、判断できるような時代ではなくなっているということなんだろう。

ある日不具合が出て、病院に行って、診断を受けて、がーん。

この典型をそろそろ変えていったほうがいいのではないかと思う。

現代人は自分の体と仲良くしていないから、出産だってある日おなかがぱかんと割れてたいへんなことになるくらいのイメージを持っているように思う。

それと同じで死はドバッとそしてブシャーと来るわけではない気がする。

いよいよ動けなくなったら、信頼しているお医者さんに苦痛だけ取ってもらって、窓の外にいい景色がある個室にいられれば、そしてだんだんと体が機能を失っていくのを見ていられればいいように思う。疲れない程度に人に会って、ああ、そろそろだな、いよいよだなと。

そうなるためには日頃の生き方が大切で、たとえそうならなくてもベストをつくしてそれに近づいていようという覚悟を持っているしかないのは、妊娠出産、ひいては生きることそのものにも言える気がする。

手綱をぎゅっと握りすぎず、そして緩めすぎず。不意のことがあっても対応できるようになるべく整えて、道なき道を自分の体という馬に乗って歩いていくのだ。

突っ走らせたら馬はへたるし、ぽくぽくのんびり歩きすぎても鈍ってしまう。

筋肉質に鍛え上げれば、じめじめした天候などで意外にダメージが大きくなるし、ぶよぶよに太らせて甘やかしたら、いざというとき走れなくなるし。

毎日ブラシをかけて、話しかけて、いっしょに眠って、大切に。

思春期

あのやりきれなさ、世界で自分だけが寂しいと思う気持ち。眠れない夜。みじめな毎日。

そういうものが子どもから伝わってくるときがある。

親の服装や言うことなすことみんな気にいらなくて、自分はなんでもわかっているような気がしているのに自分の存在はまだちっぽけで、心の中では優しい気持ちを持っているのに、いざそれを表そうとすると変に気取ったような突っ張ったような態度になってしまう。

そういうことって私にもあったなあと思う。

私は毎日夜泣いていた。いろいろなことがあって、ただ淋しくてただ理解されたくて、泣きじゃくっていた。

あれほどの淋しい気持ちに、子どもを産んでからなったことはないかもしれないと思う。だれかを丸ごと愛するということは、そういうことだ。自分の孤独は自分のことで頭をいっぱいにしていたら決して埋めることはできない。他者を愛することでしか人は自分を満たせない。

この仕組みをほんとうの意味で知ってから、もしかしたら人類の存続は可能なのではないかと思うようになった。

あの頃の私は自分のことだけでいっぱいだったのだ。今ももちろんそうだが、まだましになっている。

バカだった私と違って、うちの子どもはそんなとき精一杯がまんして、私を傷つけることを言わないようにぐっとこらえている。私にこの優しさがあっただろうかと反省してしまうくらいに真摯(しんし)に優しく彼は今の時期の自分に対処している。私たちがイライラしたり話し合ったり全身でぶつかった回数とぴったり同じだけ、彼は優しい。やってきたことはむだではなかったと思う。

大人になって友だちのようになるまで、気楽に待っているとただ言ってあげたい。

品

友だちと、共通の知人であるとある会社の社長さんの話をしていた。

「あの人は『うちの商品をたくさん送るよ、ここに住所書いて』って俺に住所を書かせて、未だになにも送られてこない」

「ええ、そんな！　悲しいね」

私は言った。

友だちはほんとうにふつうに、さっと、表情ひとつ変えずに、こう言った。

「いや、きっとそのときはほんとうに送る気持ちだったんだろう」

すっくと立ったその姿がまぶしく見えた。

そのあとに続く言葉が私には聞こえてくるように思えた。

だから、もらったのといっしょなんだよ。

そういう意味だった。

私は、こういうことこそがほんとうに上品ということなんだなあと感じた。

そして友だちのことを誇らしく思った。

もしかしたら全部がとてつもなく下品になりそうな要素がその場に全部揃っていたのに（悪口やうわさ話や卑しさや欲しがりや）、すっとまるできれいなふきんでテーブルを拭くときみたいに反射的にきれいなものにしてしまったからだ。

ヴィジョン1

「神様って、その人の覚悟だけを見ていて、神様を当てにしないで覚悟のままにがんばれば最後の最後のひとおしだけは手伝ってくれるんですって」

とその人は言った。

ほんとうにそうだなあ、そんな気がすると私はこれまで見てきた、そして自分が体験してきたいろんなケースを思い、合点がいった。

この厳しい世の中、そんなことばかりを考えて慎ましく生きて死んでいく人たちがいる。あちこちに、きらきらと星のようにちらばっている。

その人たちの存在を考えると、まわりにあるもやもやに負けないで生きていこうと思えてくるような、そんな人たち。独自の方法で考え抜いて、行動して、輝きを人に伝える人たち。人を癒す人たち。

そのあとその部屋でうとうとしていたら、夢を見た。いや、夢ではない気がする。それははっきりとしたヴィジョンだった。

部屋の中におばあさんがいる。質素で清潔な麻の服を着て、勾玉みたいな天然石のネックレスをしている。鷲か鷹のみごとな羽を床に並べていた。

「占ってあげようか？」

おばあさんの右目は真っ白の玉しかなく、左目は黒目がちで宇宙みたいに深かった。

私は怖くなったが「はい」とうなずいた。装飾品といい、年齢といい、威厳ある雰囲気といい、かなり位の高い人だということがわかったからだ。

しばらく待っていたら、おばあさんは歌うような調子でこう言った。

「あんたは、仕事がすご〜〜〜〜くうまくいくときがあるだろう」

「〜〜〜」の部分がものすごく長く、美しいメロディがついていたのを覚えている。

ええっ、それだけ？　と私は拍子抜けした。

うん、とおばあさんはうなずいた。

そして「ここにはよく来るんだよ、ここで体を伸ばすとよく伸びるから」

と言って、ストレッチを始めた。

気づいてはっと見たら、もうおばあさんはいなかった。

覚悟のある人のところには高貴な人の霊がやってくるんだなと私は納得した。

ヴィジョン２　ぴったしカンカン

その覚悟ある清らかな人の家でもうひとつヴィジョンを見た。

私がうつぶせでマッサージを受けていると、急にバリの神官である知人、イダさんの手が感じられ、振り向くとイダさんがいた。

そして「マホコ、なおった」ときっぱり言った。

私は通訳の人に「なにが治ったか聞いて〜！」と言った。わかった、聞いてみる、と通訳の人は言った。そうしたら突然、アメリカ人のＴＶクルーが部屋に入ってきて、イダさんの力を取材させてください！　と言った。私はいいですよ、と言おうとしたけれど、急に呼吸が苦しくなって咳きこんだ。いいですよと言おうとするたびに、息が苦しくなる。

そうか、私はＴＶに出るのがほんとうに嫌いなんだなと初めて理解した。

ヴィジョンが終わったとき、ストレスがどんなに体に悪いかを私はほんとうにわかっていた。

ありがたいことだ。そんなにいろいろな存在が私に生き抜く術を教えてくれるなんて。

それはともかく、私は今までいろいろな番組に出てきて、すばらしい人もいればへんてこりんなとんでもない人もいたのだが、唯一、ほんとうにＴＶに出てよかったと思ったことがある。

それは久米宏さんの番組だった。

久米さんは私にもいつもＴＶで観るように軽口をたたき、「なんとかなんとかしちゃったんでしょ、どうせ！」などと言うのだが、ちっともいやじゃなかった。久米さんの全体から白く温かい心からの光がじんわりと伝わってきて、こちらの気持ちも温かく優しくなるのだ。

久米さんのスタイリストさん（たぶん奥様）も、スタッフの方々も、事務所の方々も、すべての人が「いい番組を作る」ことだけを真摯に考えていた。

また、壇蜜さんがその場にいたのに、彼女がいる場所特有の欲望がもやっとした感じが全くなく、かといってそれを隠そうとしているのでもない。そのキャラをどう番組に生かすかというまじめな姿勢しかなかった。ちらっと見たいとか、こっそり眺めるとかそういうのさえない。

「白河夜船」の映画化で感じたことと全く同じで「待っていたら、一度くらいはほんとうに望んでいたものを観ることができるんだなあ」としみじみ思った。これまで、出たいものも出たくないものも、ＴＶに出てきてよかったなあとさえ思った。

でもこれからは、よほどのことがないと出ないだろうなと、そういうわけでしみじみ思った。息ができなくなってはかなわない。

天職

「第一印象を言うとねえ、すごく忙しかったんだろうと思う。表向きいちおう磨いて手入れしているから、虫歯はない。でも、そこに思いやりはなかったと思う。歯に対する思いやりを少し失っている期間だったんだなあ、という口の中です。でも、歯は裏切ってない。がんばってくれてる。ただ、これ以上思いやりが足りない生活をしていると、歯が疲れてふんばれなくなって、そこがきっかけで歯周病になっていく可能性がある。だから今日から歯に思いやりを向けてあげてください」

半年ぶりに歯の検診に行ったら、先生にそう言われた。

これじゃ占いじゃないか、なんでわかってしまうんだろう？　と私は思った。

たくさん移動して、飛行機にもたくさん乗って（だからごはんを食べたあとすぐ歯を磨けないことも多くて）、ストレスでたくさん歯を食いしばって、疲れ果てて眠るので寝る前には上の空で歯を磨いていた。

占い師に観てもらうよりもずっと細かく、その期間の私のことを先生はわかってしまっていた。歯を見ただけで。別に汚かったわけでも虫歯になっているわけでもないのに、歯に心を向けられない期間だったことがばれてしまった。

天職というものはそういうものなんだと思う。

どんなところにも真実を読み取ってしまう。

なんだか清々（すがすが）しい気持ちで、そして歯にあやまりながら夜空を見上げて帰った。

思いやりを持って歯を磨こうと思った。おまじないなんかじゃなくて、現実にその結果が出るんだということが嬉しくもあり、こわくもあった。

吉夢

夢の中の私はカフェのテラス席に作られた壇の上で人々に向かって話していた。

夜の屋外は涼しく、星がちらほらと見えた。

会場のキャパシティは二百人くらいだったろうか。

ぎっしりと人がいて、話し終わった私は少し高揚して、そして疲れていた。

五分間の休憩の後に質疑応答ということになって、私はトイレに行き、ああ、難しい質問が来たらどうしようかなと思いながら少しうんざりしていた。

大勢対ひとりという設定では、いつでも自分の対応になにかが欠けているような気分になるからだ。

カフェのギャルソンに「なにを飲まれますか？」と聞かれたので、シャンパンなんて飲んじゃおうかな？　と私は言った。かしこまりましたと彼は言い、銀のトレーに美しいフルートグラスに入ったシャンパンを持ってきてくれた。夜の暗さの中でその透明な光は美しく見えた。

飲んで、司会の人とちょっとおしゃべりして、客席を見たらかなりの人が帰ってしまっていた。

瞬間、深くがっかりした自分に驚いた。

人前に出る仕事は本業ではないので、相手がたったひとりでもかまわないといつも心から思っているからだ。でも、それを見たときはしょげてしまい、私の話つまらなかったかなあとも思ったし、アウェイ（なんでだか知らないけれどそこはアウェイ感のある催し物会場だったのだ）だからかなあ、とも思った。そしてそんなにもがっかりした自分にいちばん驚いた。

司会の人がすまなそうに「雨の予報なので、あと隣の催し物からいらした年配の方が多かったので、帰られてしまったんですね。申し訳ありません」と言った。

確かにぽつぽつと雨が降っていた。ざあざあとなる感じではなかったけれど、服も鞄も軽く湿るくらい。いちおう雨よけの屋根があるけれど、テントみたいな感じだから隙間もありそうだった。

「ぜんぜんかまいません。ひとりでもいたら、その人とゆっくりお話しができますから」と私は言った。

すると、もう気持ちはしっかりしていた。

残ってくれている人がいるんだ、いいことを言おうと思った。

明るい気持ちで椅子に戻りさっと顔を上げたら、そこに残っていたのは、昔からのなじみのファンの人ばかりだった。

会場のあちこちの椅子にまんべんなく散らばっていて、仲間同士でひとかたまりになっている。

あの人もいる、あの人もいる、あ、近所のかつまたくんもいる。私に手を振っている。

暗い中で彼らの心から嬉しそうな笑顔は、ちょうどシャンパンのような淡い黄色に輝いていた。ひとりひとりが小さな星みたいに、精一杯のかわいい笑顔を私に見せてくれていた。

この人たちの家には私の本がある。いっしょに暮らしているんだ。私とずっといっしょに歩いてくれてきた人たちなんだ。

そう思ったら、嬉しくて自然に笑顔になった。

ひとりひとりの質問に、さあ答えるぞと私は思った。

すごく新しい気持ちだった。

目が覚めたとき、私は思った。いっそうだれひとり、どの状況も侮(あなど)ることなく生きていきたいと。

ハプニング

その人はうんと歳下で、まるでモデルのようなスタイルをしていて（実際モデルだった）、英語がほとんどネイティブで、国際結婚をしていて、もちろん裕福なおうちの出身で、普通に考えたら交わるところが全くないはずだった。

そういう人たちとはもちろん仕事ではよくいっしょになる。どの国に行っても同じ感じのレジデンスに泊まり、同じような人々といっしょに過ごし、同じタイプのお店に行く人たちだ。話題は豊富だし、知識もたくさん持っていて、服装もＴＰＯに合わせてすばらしいセンスをしていてほれぼれする。

はじめはひがみなのかと自分でも思っていたが、私個人にとっては、その生活はどうにも退屈なのだ。

外国に行ったらバックパッカーの宿に泊まって友達を増やせ！　とも全く思ってないし、清潔なのが好きだし、「屋台で食ってなんぼじゃい！」とも思ってない。もちろん屋台も行くけれど、高級レストランにも興味がある。街を探索してへとへとになって帰ってきたら、割高でもホテルのレストランで食べるのがいちばん楽だ。

山奥の村に住むなんとか族との恋愛が至上の可能性だとも思ってないし、友だちはやたら広げたほうがイイね！　とも思っていない。

だから彼らと似たり寄ったりの自分枠で暮らしているはずなのに、どうにも空気が重い感じがする。考えてみると、それは彼らの一族とか血の重みなのだろう。おおよそ決まってしまっている将来への憂鬱なのだろう。

はじめ私は家庭環境や選ぶ服装などから、彼女はそういう階層の人なんだろうと思っていた。

彼女はとても素直で明るい人で、ご両親に愛されて育っていた。しかしとても複雑な人生でもあったことがだんだんわかってきた。彼女は住むところも経済的にも家族の関係もまるでジェットコースターのような少女時代を送ってきたのだった。

そのせいか、なぜかホラー映画が好きだった。

同じくホラー映画が好きな私の仮説なのだが、ホラー映画を好きな人というのは、繊細で愛情深いのだが、子ども時代になにかしら恐ろしい目にあって（重症のトラウマではなく、愛情にあふれた環境に育っているが、繊細さゆえに自分では処理しきれない家族への憎しみを持っているし、自分が見聞きしてしまった愛する人たちの人間的な欠点を受け入れがたく思っている）、愛する人が自分にとって理解できないことをするというのは、子どもにとってはホラーそのものなのだから。

私はホラーは好きだが、連続殺人とか変質者とか人間の犯罪に関する映画は少しも好きではないので、そう思い当たった。ほんとうのそうした物語は、繊細な子どもには強すぎるのだろう。

なんでホラー映画が癒しなのか、ふたりでよく語り合ったものだ。

私と彼女にとっては、愛する人が亡くなってから蘇ってきて自分たちを食料とみなしているという状況は最も恐ろしいものであり、もちろん現実で味わうことのメタファーなのだった。

そのせいなのか、彼女の持っている独特の勘のようなものの力なのか、私は彼女には隠し事ができず、思ったことをみんな言ってしまう。親が死んだときなど、二時間くらいいろいろ聞いてもらった。そんなに歳下では理解できるはずのないことを、私は彼女にとうとうと伝え、そして思ったことを言って理解してもらえるということで、どんなに人が癒されるのかを知ったのだった。

あるとき、カフェで「理想の女性像」について話していたとき、私は「シャマランの『ハプニング』に出てくる奥さんが私のなりたい女性像」と言ったら、なぜか彼女が「私もです！」と言った。私はびっくりした。

シャマランは今私がいちばん好きな映画監督なのだが、私が涙するような彼の映画の評価（e.g.『サイン』『エアベンダー』）はボロクソのズタズタで、いつも私は自分の自信まで失ってしまう。彼の映画には、たとえどんなにメジャーなハリウッド作品であっても、ある特殊な傾向を持った人にしかわからないコードが随所にひそんでいて、わかる人にはたまらない映画なんだと思うけれど、わからない人にはさっぱりわからないのだろうと思う。

『ハプニング』という映画は、地球の環境の悪化により植物が毒性を持ってしまい、その毒が人々の脳に働きかけて自死をうながすようになってしまうという物語で、ここに出てくる主人公の奥さんは、全く役に立たないしとんちんかんなんだけれど、私にとってなにひとつ「私だったらここでこうしないなあ」ということをしない、映画の中にいる人の中ではとても珍しい人だったのである。

たいていの映画でヒロインは私よりもずっと立派な行動をし、立派なことを考えているから、恐れ入りました、というような気持ちになるのが常だ。

でも、そのアルマという人は違った。

特になにもしないのに、彼女のすばらしさがじわじわと浮き出てくる。そしていちばんすごいと思うのは、その良さにはだれひとり言葉で触れないまま映画が終わってしまうのだが、彼女は自分のことを大嫌いでふしだらな女だから別れろと夫に忠告した夫の友人の娘、しかもアジアの血が入った子を、全く偏見なく温かく優しく命がけで保護し、最終的には自分の子としてなんの矛盾も相反する感情もなく引き取ることだった。

私はそこに感動してしまい、彼女の像が理想として頭から離れなくなった。

そんなにもレアな感想が一致するなんて、それこそがハプニングだ。

この世には力強く賢いヒロインが山ほどいるのに、心のヒロインに彼女を選んだ。

そのことだけでもう私達の信頼関係はあらかじめ用意されていたのだと思う。

逆に言うと、心の友というのはそうやってもう、そのくらいピンポイントで人生に用意されているものなのだろう。探しにいったりつながったりしなくても、どうにもなんとも替えがたく、そんなふうに普通にいつのまにかめぐりあうのだろう。

からだの声

その日楽屋に来たのは、私のお父さんを愛してくれた人たちだった。実際に会ったことがある人、会ってなくても思想的に人間的に好いてくれた人。

私はなにも考えていなかった。久しぶりに会うそのおじさまたちの笑顔が嬉しくて、父を想って語ってくれることが嬉しかった。

それから舞台に出て、ただ自分のスピーチを全うした。

そこは数年前に父が最後に中継で講演会をやった場所だった。

客席を見たら姉がいた。すごく不思議な感じがした。

そのあとは舞台の袖から、おじさまたちのスピーチを見ていた。みな父に対しても私に対しても限りなく優しかった。そのようすはなんだか天国にいるようだった。少し薄暗くてみなが温かくその場にいる人の不在を思っていて、ちょうど清志郎さんのドキュメンタリー映画を観たときのようだった。全員がひとりの人を思っていて、でもその人はなぜかいつまでたっても登場しないのだった。

しかし私は突然にお腹が痛くなって、トイレにこもって大下痢をしてしまった。インドにいるかと思うくらいの。

なんの兆しもなく、急に痛みはやってきた。

私はまだほんとうには知りたくないんだなと思った。父がほんとうにいないことを。ふだんはもうなんとも思っていないのに。インタビューなどで聞かれても、ほんとうに心はもう動かない、やりきったと思っていたのに。

あの同じライトの下で急に体がその痛みを思い出した気がした。

体は、私のために私の隠された気持ちを、一生表に出てくることのない痛みを、どれだけ肩代わりしてくれているんだろう。そう思うと、よく言われることだけれど、この体があるときもう機能を停止するまで毎日労ってあげたいと思った。

二年かかった

これって更年期ってやつ？　変な汗をかいたり、熱くなったり。生理もめったに来なくなってるし、きもちよくナプキンなど捨てたり譲ったりして、これからに備えよう！

……とうきうきしていたら、なぜかいきなりこれまで着ていた服が似合わなくなり、そしてなにをしても痩せなくなった。

さらにほんの少しでも化繊が入った服が着られない。しめつけると息苦しくなるようになったから、派手でびしっとしたブラジャーも捨てた（そもそもあまり持っていなかったが）。

急に食欲と酒欲も落ち、夜中に出歩きたい気持ちも、見知らぬ国に行って見聞を広めたい気持ちも消え去った。

年齢の進行を遅らせるべく気を取り直してがんばるべきなのか、服などを買いなおすべきなのか？

しかし私は、小説以外では決してがんばるタイプではなかったのです。

楽なほうへ楽なほうへ、流されていきたかった。

とりあえず繁殖も（へなちょこだけど）したし、だらしなくても毎日ジャージまではいかない気がするし、自然派の服が好きだけど全身草木染めじゃない。しめつけないしかし冷えとりまではいかない……みたいな道を模索し続け、持っている服やバッグや靴をひとつひとつ吟味し、整理し、まだわからないものは保留にしてゆるくゆるく。

力ずくでないと持てなかった重いスーツケースを二十年ぶりに軽いものに買い替え、化粧品も少ししっとりに変え、メイクのしかたもどんどん引き算にしていって、今のままの自分がのびのびできるほうに。

こんなことしていい日が来るなんて、だれからも教わらなかった。早く言ってほしい。

ここからのスタートのしかたで、これからの人生が楽しくもきつくもなる。そういう地点が五十歳で来るとは知らなかった。もちろん人それぞれ年齢差はありそうだけれど。これからは自分の快適さを極めていけばいいと思うと、清々しい山の上に立っているような気分だ。

途中は、いろいろラインナップを変えるのにたくさんお金がかかるしどうなるかと思ったけれど、定まったらそれを長く使えばいい。もう流行なんてどうでもいい場所に来たんだから。

あとはみすぼらしくならない程度に（でもこれってけっこうむつかしいことです）、なにかを保てばいい。巨大になって不健康にならない程度に、太ってもいいや。なんて楽なんだろう。これを敗北と呼ぶなら呼んで！ってな感じだ。

食べることと飲むことが大好きで、いつも肌を露出していた私よさようなら。新しい私はどんなふうに瞬間を楽しむのだろう？

でもひとつだけ言えるのは、私は一生、小さい頃からきっと死ぬまで、読むのと書くのが大好きですということ。それだけでいい。

男　女

人と人の恋愛というものは、ほんとうに不思議なものだ。

肉体がいちど結びついてしまうと、別れるのがとても困難になるものだ。

ボッシュは「快楽の園」の絵でそういうことの底なしの愚かさをほんとうに描きこみたかったのかもしれないと思う。あの絵を見たときの気持ちは、自分の中にあの絵の中のものが全部あるとわかっているやりきれない、こわいもの見たさみたいな気持ちだ。だれもが状況次第で永遠にあの世界にとどまる可能性がある。

そして観音開きみたいになっているあのすごい絵を閉じると、なぜか不思議に美しい地球の姿。あんなものすごい昔の時代に、そんなことまで考えていた人がいること自体が人間があまり変化していない証拠だけれど、彼は宇宙というものと人間というものの全(すべ)てを絵の中に描いてみようと思ったのだろうか？　そのわりにはディテールがすごすぎる。よく発狂しなかったなあと思い、彼のことは私にはずっと謎(なぞ)のままである。

身体(からだ)の持っている本能の快楽と人間だけが持っている知恵がおかしな形で結びつくと、たいへんな底なし地獄になってしまうということを、人はみなどこかで知っている。

フォアグラとか、猿の脳みそを食べるとか、そういうことに近い地獄がこの世には溢れている。知恵が勝ればすばらしい発明になり、本能が勝れば地獄になる。紙一重の差だ。それが紙一重と見分けることができる人さえも少ないかもしれない。

だからこそ、つきあいはじめが肝心なんだと思う。

ためしにつきあってみようと思って、さほど好きにならないけどセックスは悪くないみたいな場合がいちばんダメージが大きく変に長引く。人類はそういうふうにできているのだから仕方がない。

しみじみと、何回考えても何年考えてもその人が好きで、その人も自分に好意を持っていて、それをじわじわと育てていっしょになったけれど、毎日はセックスしない……くらいが人間の世界にはきっとちょうどいいのだ。

自分の子どもをほんとうにだいじに思う人が、お見合いなどさせるのはその「じわじわ」を人工的に作ろうというわりとよくできたシステムだと思う。

恋愛結婚というのは要するに肉の結婚の段階にある場合が多いから、そのあと越えるべき山がけっこう高くなる。でも恋愛というのはそもそも本能が「自分に欠けている遺伝子をこの人が持ってる、組み合わさると子孫は強くなる」という情報をいっぺんにまとめてくれているものなので案外的を得ている場合が多いのも確か。

全ては心のレベルをどこに保つかということなんだと思う。

それでも幼かった頃、だれかと別れたときに身が裂かれるような、明日など永遠に来ないような気がした、不毛としかいいようのない悲しみを体験しておいてよかった。愛がない恋は、そんなふうにとても寒いものだ。単に肉体が離れた痛みだけが大きいものだ。

ほんとうに愛している人同士が別れるときは、心からつらくてもなにかとても温かいものがある。それこそが愛の感触なのかもしれない。

未熟

まだ若い頃に書いた文章を改稿して収録することになり、読み直したら吹き出してしまった。

やたら気負っているから少しいばって見えちゃって、なおかつ思いだけが溢れていて、ほんとうにしょうもない。若さって恐ろしい。こんな文章を人さまの選集に載せていたなんて。穴があったら入りたい。

そうか、だから私はあんなにも叩かれて、いじめられて、こきおろされていたのか。と、素直に納得もした。誤解なんだけど、悪かったなあ。

でも心をこめて書き直したから、お色直しをした花嫁のようにその文章は新たな場所に嫁いでいった。

二十年後にまた恥ずかしく思えるほど進歩しているといいけど……と思いながら。

私が心をこめてその文章を書き直したとき、未熟さにいらだつよりも、文のひどさにあきれるよりも、いちばん思ったことは、

よくがんばっていたなあ。筋はいいんだから、練習していけばきっといいものが書ける日が来るよ。その日のために、今は多少生意気でもトゲトゲしていても応援していてあげよう。黙って見ていてあげよう……というようなことだった。

そして、私が今まで生き残れたのは、こんなふうな目で見ていてくれた人たちがちゃんといたからだと思った。なにも言わないで、私の器とか存在だけそっと見守ってくれた光のようなまなざし。私もまた私をあるいは若い人たちをそういう目で見てあげよう。未熟さは認め、でも心根は悪くないんだから、その才能はまだ伸びるよと、

そう思ってあげよう。

私はなんでも「言う係」だ。作品も本人もそうだと思う。世界がその役割を要求しているから、しかたないのだ。

でも私がひどかったとき、なにかが狂っていたとき、せっぱつまっていたとき、傲慢だったとき（そんな自覚はないけれど、あるいはそれは苦しさのあまりそうつっぱるしかなかったのだけれど、そう見えたときもあっただろう）に、ただそばにいてくれた人たち、そのうちの何割かは「そうやってだめになっちまいな」と思っていたかもしれないけれど、何割かはほんとうにただ言わないでいてくれたに違いない、その優しいまなざしに、感謝の心がわきあがってくる。

自信満々である必要もないし、そんな根拠もないけれど、いいところをただ温めてあげることは、自分を責めるよりもずっときれいな感じがする。

雫

コールドプレスのジューサーは家族の健康のために買ったので、私自身はふつうのミキサーでつぶしたドロドロの野菜でもいっこうにかまわない派。

だけど、きゅうりやブロッコリーを入れたときに出てくるほんとうに美しい薄緑の透明な雫(しずく)の一滴を見たら、あの中につまっている野菜の精を感じたら、野菜に対する恋心がいっそうに狂おしく募るばかりになった。

世界を良くするためだけに存在しているとしか思えないほどのおいしさと美しさだからだ。

秘訣

私は男尊女卑の人といっしょにいるとじんましんが出るほどに、苦手だ。

あと女を「女!」としてしか見られない人とも同席したくない。せっかく人としてしゃべっているのに足とか胸とか見られるとたとえ五十代でもがっくりくる。結婚も「社会参加の一単位」が自分だけでなくなるという以外の意味を感じていないからしていないくらいだ。

それでもはっきりと言える。男性に育児と家事に参加してもらおうと期待するのは大間違いだ。もちろん例外はあるだろうが、たいがいはけんかになるだけだ。

おうちのお母さんであることの秘訣は、ただ笑っていること。鷹揚でいること。

あとははっきり言ってなんでもいい。家事は最低限でいい。

部屋がドロドロで洗濯物の山があって、夫や子どもが帰宅したときにぐうぐう寝ていても、笑顔で「おかえり〜」と言って、てきとうな食べ物を作り始めるくらいのほうが、きっちりとしてキリキリしていて、完璧にクリーンな空間で完全なディナーを出されるよりもいいというケースが多い。あまりにも汚すぎると問題だとは思うが、自分のだんなさんや子どもたちの嫌いなポイント（例えば生ゴミだけは許せないとか、本だけはきっちり重ねてとか。でもそういう人はほうっておいても怒りながらあるいは自然にそれだけはやってくれるから、案外気にしなくて大丈夫。気にしないことがなによりもだいじだったりする）さえなんとなく意識していればそうとうの雰囲気でも大丈夫だろう。

多くの男の人と子どもは「今は」片づけなくていい。「あとで」片づけるつもり。なだけで、全くやらないとは思っていない。なんでお母さんはいつもすぐになにかをしたがるのか、追われているようでリラックスできないと思っている場合が多い。

自分がキリキリしていると感じたら、自分の仕事を減らす。

なぜか？ 女だから。女はキリキリするととにかく体に悪い。子宮という特殊な内臓に悪い。ただそれだけのことだ。

加納さん

買ってからたった一年のトイレが壊れて、修理を依頼するも（以下の部分、みなさんもきっとうなずきすぎて首が痛くなるくらい覚えがあるでしょう！）、受付センターと修理センターは別物で「修理のものからお電話いたしますので、修理の日程はこちらでは決めることができないんです。申し訳ありません、さぞお困りでしょう……もし詰まりであった場合は保証期間内でも修理料金がかかりますのでご了承くださいませ」というマニュアル通りの慰めと逃げにたっぷり触れ、それからまたしばらくしてから修理センターから電話がかかってきて、修理の人が来て、さんざんトイレをいじったあげくに「部品が足りないので直せませんでした、部品が到着したらお電話いたします」と言われ、だから買ってたった一年なんだよ！　とカンカンに怒りたい気持ちだったけれど、うちのトイレの便器の中に仕事とはいえためらいなく腕を突っ込む淡々とした修理の人の姿を見たら、言えなくなった。怒りはすっと引いていった。

彼は全てをこつこつ実験してみて、言い訳もせず、論理的に修理のしかたを組み立て、人づきあいが下手そうだけれど誠実な理系の人だった。ごはんも食べず休憩もせず何時間もいろいろなことにトライしていった。

この人のせいではない、社会のあり方とシステムが悪いんだ、そう思った。

一年で壊れる商品をいっぱい生産してしまっているのだろうその会社は、いつも受付センターがつながらないほどだ。

それから一週間近くなるが、まだ連絡はない。どんだけ部品が足りないんだろうとぞっとする。

ありとあらゆる家電につきまとうその受付センター↓修理センター（つまり下請け。毎日おそろしい量の仕事をしているが、あまり儲からない）のシステムに対して、これだけ多くの人が怒っているんだから、ここで「修理センターとの連携第一、すばやい修理」のシステムを作ったら一人勝ちだと思うんだが、意外にだれもやらないなあ……と思って調べたらダイソンがやっていた！ イギリスはこういうところが違う。徹底的にやれば成功する！ という昔ながらのサクセスの道がまだ活きてる感じだ。そういうところであの人に存分に修理してもらえたら、あの人が幸せになるのになあと思った。

光らないときの猫

うちの猫のウィリアムおじいさんは、おじいさんなのにものすごく活発に朝起こしにくる。淋しいのとお腹が減っているのが重なって、なにがなんだかわからなくなるらしい。人間たちがまだ寝ていると爪を出して頭をトントンノックする。顔を踏んでいく。鳴いて鳴いて訴える。そしてお腹をぐうぐう鳴らしている。

人間たちがあまりに起きないといったんぷいといなくなって、三分後くらいに走って戻ってくる。

そしてまた同じように、にゃあにゃあ鳴いたり、爪で今度は少し強めに人の頭をサクサクしたり、ゴロゴロいって少し休んでみたり、大ハッスルで私たちが起きるまで起こし続ける。

しかたなく起きてごはんをあげたりして、こちらはそうじや洗濯を始め、しばらくして見ると猫はソファで寝ている。その寝方があられもなくて、ひっくり返って口を開けて寝ているのだ。ためしに撫(な)でてみてもゴロとも言わない。ぐうぐう寝続けるだけである。とても猫の寝姿とは思えないくらいの爆睡ぶりだ。激しい運動をして帰ってきた人みたいだ。

そんなにも疲れるくらいいっしょうけんめいに起こしにこなければいいのに、と思いながらその無防備な寝顔を見ていると、なんだか少し泣けてくることがある。

中年から老年へ

もうそんなに飲めなくなった。おいしいものを少しでいい。炭水化物を抜いてるんだ。運動をしている。だって肝臓に脂肪が、血液に脂が、血糖値が高めで……。昔むちゃくちゃ遊んでいた人はだいたいみんなこんなことを言っている。私も他はみんないい数値だけれど肝臓だけはちょっと疲れ気味だ。

ずっと気をつけていればよかったな、そう思うこともある。

これから静かに巻き返していけばいいんだ、と明るい気持ちになることもある。

今までありがとう、この体よ。これからもいっそう親しくしていくから、若いころ少し酷使しちゃったことを許してくれるかい？　そのかわり心は豊かになっていたから。

淋しかったけど、それを埋めるためにたくさんのことをしたんだから。

そして、空よ海よ山よ、たくさん訪れた街たちよ。どうか覚えていてほしい。私たちはあんなにもバカみたいに飲んで、ワインのボトルを何本も空けて、行き場のないやるせない思いを世界に向かって発散していた。げらげら笑う声は天に響き、千鳥足で帰る栄光の道は未来に満ちていた。そういう日々があったから、今がある。経験があったから、それを終えるときもある。悲しいことじゃない。ただそういう日々を力一杯過ごしたことだけは覚えていたい。そういう日々があったからこそ、満足して身体と密に暮らしていけるのだ。

明日があるさ

私たちはいつの頃から、こんなにもなにか高みを目指さないといけなくなったんだろう。

いつから、少し先を見越して対策をたてていないといけなくなったんだろう。のんびり生きたら社会的落伍者(らくごしゃ)みたいに思われてしまうようになったんだろう。きれいな身なりをしていないと行けない場所があることは、そしてそこに行けないことは、いつのまに恥ずかしいことになってしまったんだろう。

別にいいではないか、全く社会に参加しないと言っているわけでもないが、飼い殺されるわけでもないよというところをちょうどよくバランスしていれば。

逃げ続けるのは簡単だけれど、その労力を使うくらいなら昼寝していい気分になっても同じことだ。

生きていける分稼いで、自分にとって快適な環境を知恵を尽くして探して、探求していく道の半ばで命尽きればいいのではないだろうか。

明日できることは明日やるという程度のゆるみでは、仕事が全くできなくなったりはしない。どこかでむりをするとあとで必ずそのゆがみがなにかの形で現れる。

その法則さえ本気で信じていれば、なにも怖いものはない。わくわくした気持ちでフレッシュなエネルギーに触れることも楽しみになる。わくわくしないからこそ不安だったり保身ばかり考えたりするのではないだろうか。

体のスピードは人それぞれ。それぞれがそれに忠実に生きて、手を抜かずかといってむりもせず、むりをしたら数日かけてそれを取り戻し、熱が出たら素直に休み、それができたらもう少しみんな他者に影響されすぎずに生きられるのではないだろうか。

急にどなる人や、寝不足でいつもだるそうな人や、飲みすぎていつも昼間つらそうな人を見ているととても悲しくなる。その人が自己啓発や健康についての勉強をしていたらなおさらだ。

よく寝て、健康で、時間もたくさんある感じがして、たくさん考え事もできて、もし考え事が嫌いな人はたくさん体を動かして、お金も贅沢まではいかなくても毎日の細々したものを好きなように買える程度にはあって、たまに旅行に行けて、困ったときに少しまとまったお金が出せたり借りられる程度には信用や貯金があり、毎日していることがわりと好きで、さてでもここは一番ふんばるかな？　というときが自然に来たら意外に思わぬ力が出せたから、結果少し高みに登ることができた気がする……そのくらいでいいのではないだろうか。

浮き足立ってさっさと登る山よりも、確実な歩みで難所を越えることができたほうがいいのではないだろうか？　思い出が増え、豊かになり、体力がつき、そして意外なときに意外な助けが来るようになる。そのほうがいいのではないだろうか。

頂上についたとき、となりの高い山を見て「ああ、まだ登らなくては、となりはもっと高い」という気持ちになるよりも「たいへんだったなあ。でも、いろいろあって、面白かった。よくここまで来た。下山して、ゆっくり休んで、心から登りたくなったらまたとなりにチャレンジしよう。したくならないかもしれないけど、そうしたらしなくていいか」というほうが豊かではあるまいか？

かけらたち

毎日いろいろなことを考える。

ふだんものを考えない人の分まで観察して、どうなったらその人独自の幸せなあり方に達することができるのかを考えるのが私のいちばんの才能だ。

自分の好みの人々に仕立てるのではない。そんな世界に興味は持てない。いろいろな人がいて助け合っているこの世が好きだ。

だからその人だけが持っている色にいちばん近い人生について真剣に考えて、押しつけるのではなくただ伝えるだけだ。実現できるのは本人達だけだから、どの道を通っていってもいいと思う。ただ、その道を照らすカンテラみたいなものが私の言葉だといい。

私自身でなくていい、私の言葉の光のかけらが、照らしてくれたらいい。

書いて伝えるのがいちばんうまいのは持って生まれた才能というものだろう。話してもちっとも通じないときは、メールや手紙を書いたりする。

同じようなことを小説やエッセイで書いて、気持ちが合う人たちを遠くから励ましたり、もうこの世にいない人の言い足りない気持ちを聞いてあげて人々に伝えたりする。

私が直接そばにいてああだこうだ言うよりも、書いたもののほうがより深くうまく届くことが多いから、私はものを書いている。

私にも経験があるからわかっている。本というものは時空を超えられるし、どんな淋しい夜にも私たちに寄り添ってくれるものだから、本を書ける仕事を持ったことはとても嬉(うれ)しいことなのだ。

そんな仕事をしていると、人を恨んだり妬(ねた)んだりできなくなる。すごく腹がたってもすぐ忘れてしまうようになる。苦手な人はいるが、そのことを長く考えるひまもない。自分が今この体でこの意識でこの場所に存在している期間の短さとそこに起きている奇跡を思うと、そんな時間がなくなってしまう。

ああ、この人はこういう人なんだなあ、きっとこういう人生にしたいんだろうなあ、ということは、真剣に観察しているとだんだんわかってくる。したい人生にできない要素というのは、意外に小さいところに宿っていて、さらにはなかなか治しがたいシステムになっていることが多い。その人が困っていてしかも相談をしてきたら、自分に見えていることを話す。

私の言うことや書いたことを、その人が受け入れなくてもしかたないと思う。

ただなにしろ観察することと考えるのが専門なので、その人の行っているあるあるささいなことが人生をどう阻害しているかがわかればきっと楽になるだろうこともあるであろう、その独自のシステムに関しては、人よりも理解していると思う。

だからもし素直に受け止めてはたと立ち止まってもらえたなら、きっとその人にとって有益なアドバイスをしていることには、定評と静かな自信がある。

私が観察してその人にアドバイスすることは、全てその人の魂の本当の声を聞いて、その人が幸せになるようにというその気持ちからだけでできているからだ。

私の言うことを聞いて言う通りにしてほしくて言っているのではないからだ。

かけねなく、まるで子どものようにその人の魂の色と対話して出てきたものだけ伝えているからだ。

そんなわけで、私の書くものは芸術作品とは言えないのかもしれない。優れた芸術は人を癒すものだが、私の場合はまず作品を創るところからスタートしていない。向いていることをしていたら、いつの間にかそれともともとの書く才能が合体して、小説に似た何かを書くようになっただけという気がするからだ。

でもこの道を通っていけば、いつか芸術作品と呼べるようなものに近づくような気はしているし、それが希望のひとつでもある。

一番の仕事は私の周りの愛する人たちが困っているときに、私の観察の結果を知らせること。私の観察した角度からみたその人の姿とその人の魂の声を合わせたもので、その人のいま置かれている状況から脱出することを手伝うこと。その人の現実が少し変われば世界はほんの少し良くなる。

ひとりでも自分自身を生きる人が多くなれば、戦争はいつかなくなると信じている。

二番目の仕事は文章を書くこと。その才能は私の遺伝子の中に幸いにも組み込まれていた。それはもしかしたら歌だったかもしれないし、建築だったかもしれないし、絵だったかもしれない。でもなぜか私に備わっている才能は書くことだったし、書くことで頭の中のものを組み立てる考え方をする両親の元に良い巡り合わせで生まれてきた。だから周りの人を観察して励ましたりアドバイスをしたり癒したりするだけではなく、自分自身の才能をそういう形で発揮する専業主婦ではなく、本を書くことになった。

いずれにしても大事なのは、私の持っている才能が極まれば極まるほど多くの人の役に立つようになるということだ。

多くの人が自分の持って生まれた色を発揮して、その才能を活かせるようになることだ。

もし私の見方が合わない人がいたらその人は別の合う人にアドバイスをもらえばいい。持ち回りをして助け合っていくのが人間のすごいところだ。そのくらい気楽なことだ。そのくらい力を抜いている。でも真摯(しんし)でないわけではない。

これが私の人生で、これが私の仕事。

ほんとは他のこともしてみたかったけれど、これがこの世にたったひとりの私。

だからこの道をゆっくり歩いていく。

私が得た光のかけらはあまり目立たないけれども、後から来て同じ道を歩いている人がもし気づいて拾ったら水や食料と同じぐらいに役に立つかもしれない。そんなことをいつも願っている。

しかし私も私の書いたものも、誰のことをも癒すことはできない。

ただ、その人の中に埋まっているその人だけの癒しのコードに触れて、活気づけることはできる。自分の足で歩む力を奮い立たせることはできるかもしれない。

私にできるたったひとつのことは、そのことだ。

天空の森

山は見渡す限り真っ暗で、星はにじむほどたくさんあった。

ひとりの男の人が描いた世界はその山のコテージの中で静かに力強く実現されていた。私たちは守られてそこに憩(いこ)っていた。

真夜中に、家族で小さな露天風呂(ぶろ)に入って、空を見上げていた。

お湯はぬるく、湯気は美しい形に立ち上り、私たちは三人ともはだかで、でも真っ暗だからお互いがあんまり見えない中、いつまでも空を見ていた。

流れ星がひとつ、ふたつ、みっつ。

どんな願い事をしようかと問いかけたら、

「まだまだ家族三人で暮らしたい」

と子どもが言った。

いつか子どもも自分の家族を作って、そのまた子どもや奥さんとこんな気持ちで夜空を見上げるだろう。

でも今は、三人で。今だけの三人で、私たちは星を見上げていた。

真っ暗な森も空もこっちを見てくれている、そんな気がした。

今、私たちは星のまなざしが作る宇宙の歴史のページに刻まれた。そう思った。
ありがとう。

書くことと生きることは
同じじゃないか

吉本 隆明　吉本ばなな

家族という集団の特殊性

ばなな　まず最初に、文学的な質問かどうかはわからないんですが、長年家族として接してきて、心に残っていることについて質問してもいいですか？

たしか、私が大学生の時だったと思うんですけど、お母さんの首の後ろ、もしガンだったら絶対取れないような場所に大きなできものができて、家の雰囲気が物々しくなったことがありましたよね？　実際にはガンではなくて、皮膚科で表面的に切って片付くことだとわかったのでよかったのですが。ただ、それですこし深刻な雰囲気になったことがあったんです。ちょうどその時、私は友達とテニスを習い始めることになっていたんだけど、こんな時だから、テニスはやめて家にいようか、とお父さんに言ったんですね。そしたら、「いや、こういう時こそ、そういうことをやめるというのは一番よくない」と、お父さんが言ったんです。

それは今でも心に残っていて……。でも、私には実行できないことなんです。すぐやめちゃうんです私、そういう時。だけど、お父さんはやめない方がいいと言った。お父さんもこれまでの人生の中で、戦争が終わった時とか、それ以外にも、いろんな人に深刻なことを持ちかけられたりして、たぶん、いろいろあったと思うんですね。例えば、「俺は命を懸けてこっちに行くから、おまえも一緒に行こう」とか、「本気で思想的なものを追究しているんだったら、どうして命が懸けられない」とか、「なんで海外に行って見聞を広めないんだ」とか、さまざまなオファーがあったと推測されるんですけど。そうしたなかで、あえて意識的に、そうじゃない方を選んでこられたんだと思うんですけど、それはどういうことに基づいているのか、もしよかったら、教えてもらえますか？

吉本　たぶん、こっちはガンとか、そういう重大な病気だとは思わなかった、そうじゃないと思っていたというのが、ひとつ大きな理由としてあると思います。ただ、それを抜かしても、きみがテニスをやめてもやめなくても、病気は病気だから、切るなら切るとか入院して治療するとかするわけで、そのことが、きみの方に何かの影響を及ぼすことは要らないことだって思っていたんじゃないかな。

ばなな　でも、その時、お父さんはすてきな理由を言っていて、「そうやって、みんなが深刻な感じになった時に、一緒になって深刻になるというのはあまりいい考えとは言えない」というのが印象的でした。

吉本　結局、一人でも大勢でも同じことで、いいことならば別だけど、心配事で全員同じように塊になるのは、あまりいいことじゃない。お姉さんはのほほんとしているし、妹はテニスの練習をやっているぐらいの方がさ、病気になったご当人にとっても、気が楽だと思うよ。

ばなな　それがそうでもないみたいですよ（笑）。それに、そうじゃない人も、この世にはたくさんいますよね。

吉本　そうかなあ。俺、そういう人は少ないような気がするけどね。例えば、自分の親父やおふくろさんがそうなったら、俺は心配するけど、あとの人は何をしていたって大丈夫というか……。それは一人で結構だからって、そういう感じ。

ばなな　他のことでもそうです？

吉本　うん。いいことだったら別で、できるだけ兄弟や親類が集まった方がにぎやかでいいなと思うけど、病気の場合は、そんなにたくさんの人が同じ心配をすることはないわけで。家族って、そもそもそういうふうにできていなくて、他の団体とは違うんだよ。政治団体でも何でも、社会集団というのは、自分の身に関係ないことでも一緒に集まって、ああだこうだってやるわけだけど、家族や親族というのは、本来一人の男性と一人の女性の性的なつながりから発展した集団で、これは他のどんな社会集団ともまるで違う。そのことがわからないようじゃ、ダメだと思っています。

僕は、前からそう考えていて、プロレタリア文学を批判する時でも、あいつらは政治と家庭、家族という集団を同じものだと考えているというのが批判のしどころだったし、今でもそうです。一対の男女から始まった集団と、社会的、政治的必要から同じ意見を持つ者が集まってできた集団は、まったく出所が違うことをはっきりしておかないと、いろんな間違いを起こします。僕はそう思います。

ばなな　お父さんは、家族以外の団体に属したことはある？

吉本　それは、戦争中に学校でやっていた演習、あれだけだよ。軍隊に行くか行かないかって頃、一週間に一度そういう時間があって、鉄砲を撃つ時はこうやるんだとかってさ。僕は東北の学校にもいたから、そこでは鉄砲を撃つ時、片方の腕をスキーの上にのせて、寝撃ちするやり方を訓練したりするわけ。

だけど、親族が集まって、戦争の訓練をすることは絶対にありえないわけですよ。だから、誰が何と言っても、真理は変えようがないのと同じように、家族とその他の社会集団を一緒にするのは間違いだということは、変えようがない。集団を考えるうえで、この区別は一番大切だと言えるくらい重要な問題です。それを混同していると、ろくなことが起こりません。

古くて新しい男と女の「問題」

ばなな 他にも、最近これはおかしいんじゃないか、と思うことって、何かありますか？

吉本 きみらの頃にはもうなかったかもしれないけど、我々の頃は、薪（まき）を背負った二宮金次郎の銅像が学校の校庭の隅に置いてあって、あれが手本でした。「柴（しば）刈り縄ない草鞋（わらじ）をつくり、親の手を助け弟を世話し、兄弟仲よく孝行つくす、手本は二宮金次郎」って歌があってさ。

ばなな 今でも、あることはありますよ。

吉本 昔は、これがわりあい常識的だったんだけど、明治維新の後、男女同権というのが始まったわけです。女の人が男と同じように学校へ行って勉強して、同じように働き、知恵を働かせるようになる。そのうちに、女の人の方が頭もいいし優秀で、だんだん体力も近づいてきたりして、男と同程度に力を持つようになると、女の人も男に従属してばかりはいられなくなってきて、男が女の人をそうやって扱うと、「あいつは古いタイプの男だ」とか言われたりしてさ。

そうやって日本の近代化が進んできたわけだけど、実際には従来的な社会習慣や因習もあって、そう簡単にはいかなかった。少なくとも明治の第一代目は、だいたい失敗してますね。我々の知っている文学者でもそうで、国木田独歩や高村光太郎が結婚した相手も、モダンで男にひけを取らない女性だったんだけど、必ずと言っていいくらい、誰一人として成功した人はいませんでした。

つまり因習のうえでは、女の人がなんとなく男に従っているようにしないと成り立っていかないものなんだなと。そうした因習の強さや習慣、世代を隔てて遺伝子レベルに刷り込まれたものというのは、我々が頭で考えているほど男女平等じゃなかったのかな、と思わされるような、そんな失敗をするわけです。

しかも、本来なら、それは男女にとって同じ失敗であるはずなのに、男の方は以前からの因習があるので、失敗しても、また違う女の人と一緒になれば大丈夫で、なんだ、俺の考えでいけるじゃないかと思えるんだけど、女の人はそうはいかないので、もう人生の破局だということになって、自殺する人、病気になる人、頭がおかしくなる人……。

ばなな　（苦笑）

吉本　例えば、僕の好きな詩人の高村光太郎の奥さんは、正気じゃなくなってしまうんです。男女平等の意識のもとに、片方は絵画を、もう一方は詩を書いたり彫刻をやったりして、二人とも夢中になれば、誰もご飯の支度なんかする人がいない、そういう時もあったと高村光太郎は書いています。彼の詩をよく読むと、鯛焼きを買ってくるくだりがあるんですね。きっと、鯛焼きを懐に入れて家へ帰ってふかし直して、二人でご飯代わりに食べたりしていたんでしょう。そうしたことも個人のレベルであれば、男が理解して譲歩することで間に合ったんだろうけど、遺伝子で代々つながってきた問題というのは、すごく強固なんだよね。

ばなな　うん、そうですよね。

吉本　一人一人の性格とか、そんなことでは解決できないくらい強固なもので、そうしたものにやられてしまうんです。夫婦のどっちが強いか弱いかは人によりますけど、高村光太郎の場合は体も頑強だったし、体の弱い女の人の方が先に参ってしまった。だから、女の人も一時的には解放された感じはあったけど、男のこういう特質というのは、何代にもわたって遺伝子に刷り込まれていることなので、簡単に変えてやろうと思っても、なかなかできないものだとわかってくる。それが、初期の男女平等を守った夫婦や家族が失敗していった理由だよね。

例外的に、白樺派の武者小路実篤とか志賀直哉とか、一代二代ではなく伝統あるお金持ちの人たちの場合には続いた例もあるわけだけど、それは、お金があって恵まれていたから、それでなんとかしのげたわけで、やっぱり例外ですよね。

だから、そうした例外を除くと、明治初代の解放された男女による共同の家庭づくりや住まいというのは、大抵みんな破れています。その頃に比べたら、今はだいぶ続いてきたこともあって、女性の社会的な優位が認められつつあるような気もしますが、内心では女の人が自分の古さを自分で扱いきれなくなっていることなんかも含めて、さまざまな問題が起こっているように思います。

ばなな　本当にそういうこと多いですよね。

吉本　親孝行とかは全部やめちゃって、両方とも仕事をしたいようにやって、なんとか男女同権がなりたっているのが現状だと思います。だけど、これがいつまでもそうだと考えるのは間違っていて、やっぱり時代によって変わっていきます。そのことは常に考えていないと、自分の子供や家族に及ぼす影響というのがあったりして、いろんな問題が起こってくる。今は変わり時ですから、これからまた変わるかもしれませんよ。

ばなな　どこが変わると思います？

吉本　たぶん、女性の社会的な働きをすこし緩めて、それで、なんとかやっていく状態に変わるんじゃないかな。だから、男女同権を主張して突っ張ってきた政治運動家とかが、最初にその被害をこうむるだろうというのが僕の予想です。まあ、予想だからわかりませんけど。それで、そういう政治活動と家というのは全然違う、ということにだんだん気づくことになるんじゃないか、と思ってます。

混乱した日本社会をどう考えるか

ばなな もうひとつ印象に残っていて、聞こうと思ったことがあるんですけど、うちの忘年会や新年会では、仕事の話をしないという雰囲気が暗黙のうちに成り立っていたはずなのに、近年のある時点から、そういう場所で仕事の話をする人が増えてきて、それとほぼ同時期に、会の常連の二人が死んだ……。それが、ほとんど同じ頃に起こったという話がありましたよね。

吉本 そう、同じくらいにダメになった。

ばなな それで、もうそういう会はやめたって言ってたよね。そのことをもうすこし詳しく聞かせてもらってもいいですか？　すごい気になってることなんで。

吉本 どう言ったらいいかな。仕事の話というのは、その人と相手との関係性のなかで、かなり深く観察したり、考えたりしないと成り立たないものですよね。だから、そういったものを公（おおやけ）の漠然たる利害のない集まりのところに持ち出しても仕方がないわけで、それは遠慮するのが常識だと思うんです。

ばなな　その常識が変わったんですかね？

吉本　変わったんじゃなくて、若い人が常識を知らなくなったんじゃないですか。それから、社会的な混乱ですよね。

ばなな　それは、やっぱり不況と関係あるんですか？

吉本　あるでしょうね。今は用もないのに盛り場に行って、偶然そこにいた不特定多数の人を刺して逃げるようなやつが出てきたりしてるわけで。これこそが混乱の象徴であって、逆に、社会問題が一人の人間に集約すると、そういうものになるとも言える。だから決して個人個人の問題ではないんですね。

そういう状態にある社会は、どうしたらよいのか、というのが現在の大問題なんでしょうけど、それは大変難しいことであるから、早急に間を抜かして考えたり、自分とはまったく別問題だというように考えていてもダメなわけで。ただ、普通の人でも秋葉原に行く機会はあるし、そうした事件を見聞することはできるので、その時に、自分だったらどうしたらいいか、どんな態度をとるだろうか、と考えることはできるんですね。だって、自分が直面することもあるかもしれませんから。
それと、日本社会の全体の問題も漠然とで結構ですから、ご自分で考えていくことです。それも客観的に自分がそれ以外のところにいると考えるのではなく、その中の一部に自分も入っているんだという見地から、どうしたらよいのか、言葉にせずとも考えていた方がよいと思います。
そうすることで、徐々に社会のまとまりがついてくるというのはありうるわけです。全然関係ないようなことでも、それを考えていることの意味が表れてくる場面というのは、必ずある。だから、実際に自分がそのことに当面していなくても、考えていた方が、社会全体のためにはいいですよ、と言うことはできると思います。そういうことじゃないかな。ただ、人は直接何かしようとするときに、しばし間を飛ばしますから。

ばなな　そうなんですよね。

吉本　だから、大抵失敗しますけど。そこを自分なりに、当事者じゃないんだけど、自分なりに考えていくという。例えば、最近ガンが多くなっていると聞くけど、俺がなったらどういうことになるのかな、とか。

ばなな　なってましたよ、この間。

吉本　もし、そうなったらどうなるのかな、誰にどういう影響を与えるんだろうって、考えておくことは、決して悪いことじゃないと思います。

いい小説には、自分が書かれている

ばなな　あとひとつ小説に関して聞いてもいいですか？　この間、お父さんが急に、「わかった！　きみは自信を失ってるんだよ」って私に言ったんです。そして、「自信は、今すぐにでも取り戻せるから、今取り戻せばいい」って。「それは個人的な自信ですか？　それとも、小説的な自信ですか？」と聞いたら、「いや、それは両方だろうな」と。もしよければ、その話をもうすこし詳しく聞けたらと思うんです。それは私だけじゃなくて、小説を書いている多くの人にとって、ある程度当てはまることだと思うので。

吉本　自信の有無がどこに表れてくるかというと、いい言葉が見つからないから、言葉が悪いけれども……。

ばなな　本当に悪そうで、ドキドキするんですけど（笑）。

吉本　人から見ると、なんとなく「にごり」を生ずるという感じが出てくるよって、たしか言ったんじゃないかな。

ばなな　うん、そうです。

吉本　根本的には、そう思っています。

ばなな　それは、キレが悪いってことですか？

吉本　そうそう、踏ん切りが悪いっていうのもあるし。たとえ知識は多くなくても、自分なりにこういう考え方を持っていますよ、という自信。それって結局、その人なりの自信ですけど、それがあると、傍（はた）から全然関係ない人が、たまたま出会って話を聞いただけだとしても、にごりがなく見える。

でも、自信がない時は、どんな偉い人が言っていることでも、なんかにごりを生じている感じがするわけです。これは間口が広い狭いとか、知識の有無とは関係ないことで、なんとなくすっきり思える場合と、にごりを生じてるなって感じる場合の両方があって、にごりを生じている場合には、どんなに偉い人でも自信がない時だと考えて、まず間違いないと思います。

まあ、本当はもっとうまい言葉があるはずで、にごりの有無という言葉はあまり適切でないからさ。このことについては僕も相当考えてきたんだけど、まだ、うまい言葉が見つけられないなあって感じがあるんです。

ばなな　そういう時には、どうすればいいんですか？

吉本　そういう時は、そのにごりを取りさえすればいい。要するに、自信を持ちさえすればいいんだよって。例えば、自信がある時に書いたものとない時に書いたものでは……。

ばなな　読む人が読めば、わかりますよね。

吉本　それは、にごりの度合いが違って、他人から見るとすぐわかるんです。性質や考えの違いのさらに奥に、その人だけが持っている固有性というものがあって、本来それが同程度に含まれた作品なのに、そう見える場合とそうじゃない場合があるんですね。そういう時は、人によっても違いますけど、自分にもやがかかっているか、あるいは、相手の方にもやがかかっているか、どっちかだと思います。これはどんな商売であろうと専門であろうと、当てはめることができるのではないでしょうか。

ばなな　たしかに、そうだなって思います。顔をすこし見ただけでもわかることってあるし。それも、ある程度の数の人がわかることのような気がするから、やっぱり何かあるんだろうなって。そうした時に、自信を取り戻すにはどうしたらいいんでしょうか？

吉本　自信を取り戻すというのは、つまり、結果であったり、原因であったりするるんだよね。結果から、「こいつは今、自信を失っている時だ」とか「自信がある時だ」と他の人にわかるような時というのは、もうご当人はとっくにわかっているはずなんです。わかっているけど、言わないか言えないんですね。本当は、自分が自分に対して言うべきなのに、それが言えずに人任せになっている。だけど、自分が自分に対して言うことができなければ、とくに文学なんて、作品にはならないわけです。だけど、そういうふうに考えるというのはあまりに厳しいことなので、わざと自分を外して書いている作家というのがいます。

ばなな 本当に楽ですよね、自分を外すと。

吉本 そう、楽だからそうしてんの。しかし、僕に言わせれば、いくら頑張っても、その状態を脱しなければ、その人は進歩しないですよ、ってことは確実に言えますね。つまり、自分を外して書きゃあ、そんなのは……。

ばなな いくらでも、できてしまう。

吉本 通俗推理小説と同じで、そんなものは書けっていわれたら、いくらでも書けるわけ。そのことを僕に言ってくれたのは、残念ながら物書きではなくて編集者の人でした。今でも、僕はその人のことを尊敬しています。ある時、友達の物書きが冗談半分に「作品が百以上あるっていうのは、まずこれは大家だと言っていいな」と言ったんです。「それ以下だったら、大家とは言えないな」って。で、僕は得意になったわけじゃないんですけど、「じゃあ俺、大家だ。百以上作品あるから」って、半分冗談で答えたんですよ。

そしたら、その編集者が「冗談じゃないですよ」と大真面目(おおまじめ)に、二人の会話に文句をつけるような意味合いをこめて、「推理小説作家なんか、大体百以上書いてますよ」って言ったんです。その時は僕も、「あまり冗談言うもんじゃねえな」と思いましたけど、「この人は編集者として本格的だよ」というふうに感じましたね。「そうだ、こいつの言うとおりだ」って。多作でたくさんの読者を持っていたら、いい作家だなんて思ったら、大間違いなんです。自分を抜かせばいくらでも書けるんだから。

ばなな　うん、沢山書けると思います。

吉本　本格的な小説というか、本当のいい小説というのは、その中に必ず半分以上は自分自身が書かれています。他人の名前だったり、違う物語になったりして、表面的には姿を変えていても、「あ、これを書いた人はこういう人なんだ」と、わかる部分が必ず半分は入っている。そういうものが入ってない作家は、流行(はや)る流行らないにかかわらず、少なくとも僕は、第一級の作家だとは思わないし、評価しなくて間違いないと思っています。

ただ、これはやっぱり相当きつい作業なんです。しかも、自分にしかわからないから、人に訴えることができない。要するに、一番大切なのは、自分が自分に対してやっている事柄なんです。それは、人に言える場合も言えない場合もありますけど、そういう難しさが作品の中に入っているものこそが一級品であって、うまいまずいじゃないんだ、と言い切ることはできると思います。

でも、そこまでのものになってくると、いろんなことが入ってくるわけですよ。その人の現在の家庭状況はどうであるかとか、お子さんはどういうふうに育っているかとか……。

ばなな それ、私のことじゃない？（笑）

吉本 父親母親がどこで、どうしているかとか、それら全部が含まれている。要するに、書くことと生きることは同じじゃないかって言いたいわけ。なおかつ、自分が自分に告げるというか、自己が自己にしかわからない、人には言えないようなことこそが、大切な部分なんだよって。それを人に告げたって告げなくたって構わないんですけど、たやすく人には告げられないような何かが入っていないと、一級品にはならないと考えて、まず間違いないと思います。

「新潮」を見ていても、毎号そういう作品があるとはなかなか言えないし、「新潮」

だけでなく「文學界」でも「群像」でも、一級品の雑誌だと言われているものに、絶えずそれが一つくらいはあるかと言ったら、やっぱりそうはいかないなと……。だから、その書き手を諦めろということではなくて、そういう時、その人は心の中で自分をどういうふうに持っていこうか一生懸命考えて、思い悩んで、しかも人に言えずにいることが多いんじゃないかと思います。

　雑誌社って、上の人に「おまえ、あいつのとこ行って、この問題について聞いてみろ」とか言われて、質問に行ったりすることがよくあると思うけど、そういう時は、「どう言えば怒らせないで、だけど一番痛えところを突けるかな」って、心の中で考えていくと、かなりいい質問ができるんじゃないでしょうか。ただ、そういう言葉は、僕ら物書きの方からすると、秋葉原の真ん中で短刀でドスンと刺されるのと同じくらいの衝撃があるんですね。でも、それを口に出して言うわけにもいかないので、よくよく自分で考えて、しばらく経って、ようやく話せるようなことなんだと思います。

　宮沢賢治が「理解を得れば、かかる考えをも棄てる」と言っているとおりで、理解できない間はそれが自分の内に留まっているけど、理解を得ることができれば、もうその考え方は棄ててしまえる。そういうことを僕も何回も繰り返しているし、皆さんも繰り返しているのでしょうけれど、書くことも生きることも大変ですよね。それから、編集っていうのは楽なようで、こいつもまた大変だと。

岩波書店の創業者の岩波茂雄は一番はじめ、夏目漱石(そうせき)のところに行って、「本屋をやろうと思っているんです。ついてはお金を貸していただけないでしょうか」と言ったっていうんだよね。そしたら、漱石は奥さんを呼んで、「おい。おまえ、貯金通帳持ってこい」と言って、奥さんが持ってきた貯金通帳を投げて、「ほら、持ってけ」と言ったっていうエピソードがあるんだけど、今、そういうのがあるかって言ったら、全然ないでしょう。

要するに今は、ある程度当たったり、売れたりすることがわかっている作家の作品をもらってくるとか、そういう度胸しかないんじゃないですかね。初代の岩波だって、確かに当ててるわけで、僕に判断させたって、明治以降でいう夏目漱石と森鷗外(おうがい)、この二人みたいな人が今いたら、やっぱり文句なしに行きますよ。それで、「本屋をやって、あなたの本をまず最初に出したいんです。でも、お金が足りないので、なんとか私に貸してください」って率直に言うだろうな(笑)。

だから、今は修行の真っ最中という編集者が、「今に見てろ、俺やるから」って思っていれば立派なもんですよ。今はいろいろ勉強させてもらっているけど、それがものになったら、自分にとって「こいつだ」という作家、一番敬意を表している書き手のところに行って、「おまえの本を真っ先に出すつもりだから……」って言う。編集者として、こういう思いは失ってほしくないですね。やっぱり、そのくらいの意気込みがないと面白くないし、そうじゃないと、毎号必ずひとつは一級品の作品があるようには、なかなかならないと思います。

人生で最良のよろこびとは

吉本　僕は好き嫌いでいうと、太宰治（だざい）というのが一番好きなんです。若い頃からよく読んでて、もう亡（な）くなりましたけど「太宰治論」を書いた奥野健男（たけお）って友達とよく太宰の話なんかしていると、時を忘れて愉快でしたね。世間では軽い作家だというふうに思われていましたが、なんというか気のつき方が細かいというか、微妙なことによく気がつく人でした。

僕は一度だけ太宰と会ったことがあるんですが、あまりに軽い言葉で人に話しかける人だったから、「太宰さんは気持ちが重くなったことってないんですか？」って聞いたんですよ。そしたら、「俺はいつだって気持ちは重いさ」って。だけど、あんまり聞き方が露骨だったから、ムッとしたんでしょう。「おまえは男の本質っていうのは何だか知ってるか？」と問い返されて、なまじ半端なこと言ったらいけないと思うから、「わかりません」って答えたら、「男の本質はマザーシップだ」と言ったんです。それでハッと思って、なんか響くような感じがしたんですね。あれは今でも覚えています。

ただ好き嫌いを超えて、日本を代表する作家は誰かと考えると、やっぱり鷗外や漱石は一級品だと思いますね。それは太宰治とはまた違うところで。僕は率直に言って、いい作品というのはどういうものを言うんだろうということを、徹底的に考え続けて、自分なりには一生懸命やったなと思っているんですけど、鷗外・漱石級の文学者であるというのは、やっぱり、その分、何かを削らなきゃなれないんです。人から見たら、たとえ裸にしたってわからないでしょうけど、必ずどこか肉体を削っている。俺もそうありたいと思っていたけど、残念なことに、どうも俺は鷗外・漱石に比べたら平凡な物書きで終わりそうだな、というふうに思っています。これは割と正直に。

ばなな　自己評価、低っ！

吉本　だけど、「そんなに大きな作家、大きな文学者になることは、そんなに大切なことなのか？」という思いも、もう一方であって……。

ばなな　そうですよね。正直言って、私もそう思います。

吉本　平凡でも、とにかく夫婦仲はいいし、まだ小さいけど、いい息子がいて、今が幸せでしょうがないんだという家庭だったら、もうそれでずっと通しちゃえって。

ばなな　それは私に望むことですか？（笑）

吉本　僕だったら、そう考えると思うな。傍から見ても、そばへ寄って話を聞いても、「このうちは本当にいいな。いい夫婦だな。子供もいいな」という家庭を目的として、それで一生終わりにできたら、それはもう立派なことであって、文句なしですよ。もし、あなたがそうだったら、「それ悪くないからいいですよ」って、僕なら言いますね。

それ以上のことはないんです。どんなに人が褒めようが貶そうが、そんなことはどうでもいいことだとも言えるわけで。漱石・鷗外は、確かに人並み以上に偉い人です。でも、それが唯一の基準かといったら、全然そうじゃなくて、俺のうちのことなんか、近所の人や肉親以外は何にも言ってくれないけど、でも、俺のうちは一番いいんだよ、自慢はしないけど自慢しろって言えばいつでもできるんだよ、って言えるような家庭を持っていたら、それはもう天下一品なんですよ。「うちは夫も子供も申し分なく、並びなきいい家庭をつくりました。近くにお越しの際は、いつでも立ち寄ってくださいよ」と言えるような人生にできたら、もう他には何も要らないというくらい、立派なことなんです。

それがいかに大切で、素晴らしいことかというのは、僕ぐらい歳(とし)をとれば、わかりますよ。生きるって、僕はまだわかんないけど、一生を生きるというのは、結局、そういうこと以外に何もないんだと思います。それだけは間違いないことだから。

（2010年6月4日収録）

文庫版あとがき

人生も折り返し点を過ぎてしまうと、後の時間をどういうふうに生きたいかだけに焦点が合ってくる。

そこを本気で考えたとき、突然に自信が戻ってきた。

人生後半に向けて、不義理は多いがゆらぎのないその自信を、すっかり取り戻してから書いたものを父に読ませたかったけれど、きっと伝わっていると思う。

別にサイキックだったわけではなく、父は私の書いたものを数枚読んだだけでそのできがわかった。長年プロの評論家として本を読むというのはそういうことだ。私が人を見ただけである程度のことがわかるのと全く同じことだと思う。

こんなことならあの長い「自信のない時代」を早送りしたかった、父に自信のある姿を見せたかったのに……とも、決して思わない。

全(すべ)てが必要なだけ必要なときに存在していた、人生の彩り、豊かな時間なのだから。

ここに出てくる愛猫も死んでしまった。

十八歳といえば、息子よりも長いつきあいだったから、とても淋しいのだ。

毎日何かが足りない、だれかに会っていない気がすると思いながら暮らしている。

それもまた豊かなことなのであろう。


新潮社の加藤木礼さん、出版界にいてくれてありがとう。

対談のとき司会をしてくださった「新潮」の矢野くん、すばらしい時間をありがとう。

すごい表紙を描いてくれた姉のハルノ宵子さん、夢が実現して嬉しかったです。ありがとうございました。

全てを活かすデザインをしてくださった中島英樹さんにもたくさんのありがとうを。

そしてこの本の中に出てくる人たち全てに、心からの愛を。

2018年夏

吉本ばなな

この作品は二〇一六年四月新潮社より刊行された単行本に、吉本隆明との特別対談
「書くことと生きることは同じじゃないか」（「新潮」二〇一〇年十月号）を増補した。

よしもとばなな著

なんくるない

どうにかなるさ、大丈夫。沖縄という場所が、人が、言葉が、声ならぬ声をかけてくる——。何かに感謝したくなる四つの滋味深い物語。

よしもとばなな著

みずうみ

深い傷を心に抱えた中島くんと、ママを亡くした私に、湖畔の一軒家は静かに呼びかける。損なわれた魂の再生を描く奇跡の物語。

よしもとばなな著

王国
—その1　アンドロメダ・ハイツ—

愛と尊敬の上に築かれる新しい我が家。大きな愛情の輪に守られた、特別な力を受け継ぐ女の子の物語。ライフワーク長編第1部！

よしもとばなな著

王国
—その2　痛み、失われたものの影、そして魔法—

この光こそが人間の姿なんだ。都会暮らしに戸惑う雫石のふるえる魂を、楓やおばあちゃんが彼方から導く。待望の『王国』続編！

よしもとばなな著

王国
—その3　ひみつの花園—

ここが私たちが信じる場所。片岡さん、そして楓。運命は魂がつなぐ仲間の元へ雫石を呼ぶ。よしもとばななが未来に放つ最高傑作！

よしもとばなな著

アナザー・ワールド
—王国　その4—

私たちは出会った、パパが遺した予言通りに。3人の親の魂を宿す娘ノニの物語。生命の歓びが満ちるばななワールド集大成！

JASRAC　出1808738-801

イヤシノウタ

新潮文庫　よ－18－34

平成三十年十一月一日発行

著者　吉本ばなな

発行者　佐藤隆信

発行所　株式会社新潮社

郵便番号　一六二―八七一一
東京都新宿区矢来町七一
電話　編集部(〇三)三二六六―五四四〇
　　　読者係(〇三)三二六六―五一一一
http://www.shinchosha.co.jp

価格はカバーに表示してあります。

乱丁・落丁本は、ご面倒ですが小社読者係宛ご送付ください。送料小社負担にてお取替えいたします。

印刷・大日本印刷株式会社　製本・加藤製本株式会社

ISBN978-4-10-135945-8 C0195